KB217415

두 여자

두 여자

ⓒ 이범희, 2024

초판 1쇄 발행 2024년 6월 17일

지은이   이범희
펴낸이   이기봉
편집   좋은땅 편집팀
펴낸곳   도서출판 좋은땅
주소   서울특별시 마포구 양화로12길 26 지월드빌딩 (서교동 395-7)
전화   02)374-8616~7
팩스   02)374-8614
이메일   gworldbook@naver.com
홈페이지 www.g-world.co.kr

ISBN   979-11-388-2968-7 (03810)

두 여자

이범희 지음

좋은땅

《두 여자》의 등장인물

- 남자 : 찬희

  봉일(찬희의 지인)
- 여자 : 숙영(찬희의 아내)

  란희(찬희의 마음속 여사친)

  숙영의 언니

  인혜(란희의 지인)

  정수(인혜의 딸)
- 의사 : 임 교수, 안 교수, 민 교수
- 그 외 : 찬희와 숙영의 가족

《두 여자》를 시작하면서...

    저자는 직장을 은퇴한 후 곧장 소설을 쓰기로 한다. 문학에 대한 꿈을 실현하려는 노력으로 《두 여자》라는 소설을 쓴다. 평소에 경험하고 생활하면서 느꼈던 생각들을 가미해서 생활수필 같은 소설을 쓰려고 노력한다. 저자는 토막토막들의 수필들이 모여서 인생을 만든다고 생각한다.

    소설 《두 여자》는 말 그대로 두 여자에 관한 이야기이다. 한 여자는 40년이 넘는 오랜 세월 동안 한 번도 만날 수 없었던 상상 속의 여사친이었으며, 또 한 여자는 결혼을 하여 40년 이상의 평생을 함께하고 있으며 앞으로 여생을 함께해야 할 여자이다. 두 여자에게는 공통점이 거의 없다. 삶의 방식도, 결혼 생활도, 주위 환경도, 가족들 어느 것 하나 비슷한 것조차 없다.

    한 가지 공통점이 있다면 두 여자 모두 암환자이다. 남자의 마음속에 있는 여사친인 한 여자는 암의 고통을 견뎌 내지 못한다. 남자는 생명의 끈이 떨어져 가는 여자를 생각하면서 안타까워한다. 수십 년 동안 얼굴 한 번 보지 못했지만 상상 속의 여사친이다. 그리고 아내는 남편과 함께 자유여행을 즐겁게 다니면서 '암투병'으로 인한 극심한 고통을 마음으로 극복하고 건강을 회복해 나가는 노력을 한다.

소설《두 여자》는 암을 극복하지 못한 여자와 암을 극복하고 있는 여자인 두 여자에 관한 스토리이다. 소설은 현실에서의 부족한 점들을 상상의 날개를 달아서 현실보다 더 현실 같은 스토리로 변화시킨다. 저자는 소설《두 여자》의 이야기 중간 중간에 평생 동안 경험하고 느꼈던 여러 가지 진실에 상상력을 혼합하여 새로운 이야기를 만든다.

　　소설《두 여자》의 중요한 줄거리는 많은 부분들이 사실이지만 큰 줄거리 이외의 부분은 상상이나 혹은 과장한 내용들이 대부분이다. 즉《두 여자》는 픽션이면서 동시에 논픽션이다.

　　마지막으로 소설의 두 여자를 알고 있는 모든 사람들에게 감사한다. 특히 소설의 모델이 된 두 여자, 즉 이 세상에 존재하지 않는 마음속의 여사친과 이 세상에서 존재하는 날까지 함께해야 할 아내에게 누가 되질 않기 바라면서 이 책을 바친다.

2024년

김해에서

목차

플로리다

자유여행

하늘의 구름이 그렇게 하얗게 맑을 수 없다. 찬희는 조지아주에서 남쪽 방향으로 1번 국도를 따라 며칠 동안 계속 달리고 있다. 옆자리 조수석에는 아내 숙영이 함께하고 있다. 숙영은 옆에서 찬희가 잠시라도 졸까 봐 눈을 부릅뜬 채 찬희의 눈꺼풀을 노려보며 감시를 하고 있다.

운전을 하는 동안 앞뒤를 살펴봐도, 좌우를 보더라도 어느 방향이든 하늘과 땅밖에 보이지 않는 지평선으로 둘러싸여 있다. 대평원을 바라보면서 계속 달린다. 간혹 나타나는 경치 좋은 곳에서 잠깐씩 쉬기도 한다. 해변을 따라서 야자나무 가로수가 수 키로미터 이상을 계속하는 멋진 도로를 만나면 여행의 참맛을 느끼기도 한다. 지평선과 맞닿은 새파란 하늘에는 가슴이 저릴 정도로 멋진 순백색의 구름들이 뭉게뭉게 피어오른다.

조지아주의 잭슨빌에서 과자 같은 예쁜 도시락 점심을 먹는다. 길가에 있는 글로서리마트에 들러서 숙소에서 요리할 식재료를 구입한다. 찬희와 아내 숙영은 호텔이 아닌 비앤비를 이용하면서 여행하기를 좋아한다. 비용이 저렴한 이유도 있으면서 간단한 음식은 직접 해 먹는 즐거움이 있기 때문이다.

여행 중에 마땅한 식당을 찾기 어려울 경우를 대비해서 자동차의 뒷좌석에는 간단한 식재료와 요리기구들인 버너와 코펠이 실려 있고 아이스박스가 있다. 여행 중에 볼 수 있는 편의점에서는 조각 얼음을 판매하고 있기 때문에 아이스박스는 자유여행에서 매우 유용하게 사용된다.

가고 싶은 곳을 마음대로 갈 수 있고 여행 중에도 마음 내키는 대로 수

시로 목적지를 바꿀 수 있는 자동차 자유여행은 영혼을 건강하게 유지할 수 있도록 도움을 준다. 즐겁고 행복한 여행이다.

찬희는 아내 숙영과 오래전부터 계획했던 플로리다 자유여행을 마침내 실현하고 있다. 찬희와 숙영은 깃발을 따라다니는 단체 여행을 싫어하고 자유여행을 선호한다. 자유여행은 마음을 자유롭게 하고 풍요롭게 한다. 특히 광활한 미국 땅에서의 자동차 자유여행은 항상 마음을 들뜨게 하고 즐겁게 한다.

수년 전 미국 동북부에 있는 나이아가라 폭포와 케나다의 퀘벡을 돌아서 보스턴과 뉴욕으로 이어지는 10일 동안 자동차를 운전하면서 즐길 수 있었던 자유여행의 기억은 마음속에 깊게 오랫동안 자리하고 있다.

이번의 플로리다 여행 역시 자동차를 이용한 10일간의 자유여행이다. 사우스캐롤라이나에 거주하고 있는 딸의 집이 찬희와 숙영의 자유여행을 위한 베이스캠프이다. 남자애 둘을 키우고 있는 사위와 딸은 다행히 미국 사회에 잘 적응하고 있다.

찬희와 숙영은 잭슨빌 해안을 찍고 우주선을 쏘아 올린다는 케네디스페이스 센터를 거쳐서 마이애미를 지나 미국 최남단의 키웨스트까지 곧장 달린다. 미국의 '최남단'을 표시하는 컵을 뒤집어 놓은 듯한 모양의 조형물이 반긴다. 쿠바까지 90마일의 거리라고 표시되어 있다.

키웨스트에서 헤밍웨이의 흔적을 찾아본다. 시몬톤비치에서 멕시코만으로 떨어지는 붉은 태양과 저녁노을은 숨 쉬는 것을 잊을 정도로 황홀함

두 여자

그 자체이다.

아폽카 호수의 동쪽

미국을 다시 북상하는 길이다. 미국의 1번 국도가 시작하는 키웨스트에서 출발한다. 플로리다를 남하할 때보다는 훨씬 여유가 있다. 눈에 보이는 풍경과 사람들이 살고 있는 모습들이 눈에 익는다.

끝도 없이 펼쳐져 있는 지평선들을 마주쳤을 때는 신기함을 느낀다. 한국에서는 호남평야를 제외하면 지평선을 볼 수 있는 곳이 별로 없다.

찬희는 숙영은 지평선의 신기함에 익숙해진다. 마치 처음부터 익숙했던 것처럼 느낀다. 뭉게구름이 떠 있는 파란 하늘과 초원으로 덮여 있는 땅의 틈을 비집고 만들어진 고속도로를 신나게 달린다. 찬희와 숙영은 하늘과 땅만이 존재하는 대지의 아름다움을 느끼기 시작한다. 이게 적응인가 보다.

찬희와 숙영은 남하할 때 잠시 들렀던 마이애미비치를 다시 찾는다. 화려한 휴양지에서 찬란하지만 오붓한 밤을 즐긴다. 마이애미 해변은 플로리다 동쪽의 해변과 연결되어 있다. 해변의 길이가 수백 키로미터가 되는 것을 자랑한다. 해변의 끝이 보이지 않는다. 지평선의 끝과 수평선의 끝이 서로 닿아 있다. 어마어마한 크기의 해변이다.

한국의 동해안을 생각한다. 굴곡이 엄청나게 심한 서해의 리아스식과 같은 해안은 아니지만 마이애미에 비하면 동해안 역시 심한 굴곡으로 만들어져 있다. 동해안에는 수많은 마을들과 해변들이 있다. 마을마다 항구와 해수욕장이 있을 정도다. 여행객들은 어느 마을을 들르든지 조용하고 특색 있는 즐거움을 얻을 수 있다.

한국의 동해안은 다양하고 아기자기한 즐거움을 선물하지만, 마이애미는 엄청나게 큰 해변과 화려한 도시를 자랑하고 있다. 환락의 도시이다.

마이애미 해변에는 세계적인 부호로 소문난 경영인들과 유명한 배우들의 초호화 별장들이 많기로도 유명하다. 찬희와 숙영은 유람선을 타고 유명인사들의 별장들을 관광한다. 마이애미는 사회생활에서 찌들은 유명인사들의 몸과 마음을 편안하게 힐링할 수 있는 매우 안락한 휴양지인 것 같다.

마이애미를 출발해서 올랜도 부근에 있는 악어호수에서는 공기 부양 보트를 타고서 야생 악어들을 구경한다. 올랜도를 거쳐서 북상하는 중 아폽카 호수의 동쪽에 있는 작고 아름다운 아폽카 마을에 잠시 들른다. 어쩌면 이번 플로리다 여행의 목적지일지 모른다. 목적지라기보다는 오히려 출발점인지도 모른다. 조용한 마을이다. 기억 저편에 살아 있는 마을이다.

살짝 흥분된 가슴을 어루만지면서 아폽카 마을을 떠난다. 아폽카 호수에 있는 작은 공원에서 돗자리를 깔고 편안한 휴식을 취한다.

찬희와 숙영은 빡빡한 여행일정 중에서 가장 편안한 자세로 여름의 더위를 피해서 휴식을 청한다. 아폽카 호수의 바람이 찬희의 마음을 살랑살랑 다독인다.

두 여자

Story 1

Hee one. Hee two

미국에서 온 전화

찬희는 직장인 S전자에서 퇴근한 후 샤워를 한다. 바깥 거실에서 저녁 준비를 하고 있던 숙영이 전화를 받으라고 큰 소리로 부른다. 미국에서 전화가 왔으니 빨리 받으라고 한다. 여자라고 한다. 전화기 저쪽에서 여자의 목소리가 들려온다.

"찬아!"
"네~?"

미국에서 찬희에게 전화가 올 지인은 없다. 이름을 부를 정도로 친한 친구는 없다. 더군다나 여자 친구는 전혀 없다. 한국이든 미국이든 아내랑 함께 살고 있는 집으로 전화할 수 있는 여자 친구는 없다.

"찬아. 너 찬이 맞니?"
"엉~!"

엉거주춤하게 대답한다. 목소리가 상당히 낯설다. 뇌 속의 기억을 아무리 빨리 뒤져 봐도 얼른 생각나지 않는다. 미국에서 살고 있는 여자 친구라니? 갑자기 오래전에 잊혀진 그녀일지도 모른다는 생각이 기억의 깊숙한 곳에서 불쑥 떠오른다.

"혹시 란이니?"

"엉, 나 란희야 란!"

"오 마이 갓, 란희라고?"

"엉, 나 올랜도에 살고 있어."

"와~ 반갑다. 도대체 몇 년 만이냐? 한 20년은 된 것 같다. 살아 있기는 있구나. 울 집 전화번호는 어떻게 알았니?"

"지인들을 통해서 수소문했어. 이렇게 전화 통화라도 되니 너무 반갑다. 너를 오랫동안 많이 찾았거든. 외국 생활을 오래 하다 보니 연락할 곳이 너밖에 생각나지 않더라. 그래도 너랑 전화 통화를 곧장 할 수 있어서 참 다행이다."

"그래. 란아. 네가 미국에서 살고 있다는 소식은 간간히 들었지만 행복하고 재미있게 잘 살고 있니?"

"응. 잘 살고 있어. 아들이랑 남편이랑 나름대로 정착해서 행복하게 살고 있어."

"친구들은 많이 있고?"

"그게 문제야. 교회에 다니고 있기 땜에 알고 지내는 사람들은 많아. 그렇지만 친구들은 글쎄다. 교회도 한인교회가 아니고 미국 교회이기 때문에 외로움을 달래 줄 수 있는 친구는 없는 것 같아. 그래서 너를 찾으려고 애를 썼는가 봐."

"왜? 거기에 한인교회는 없어?"

"있어. 한인교회가 있긴 하지만 남편이 미국인이기 때문에 미국교회를 다니고 있어."

"응. 그렇구나. 미국인 남편이구나. 그런데 내가 먼저 너를 찾으려는 노력을 하지 않아서 괜히 미안해지려고 그런다."

두 여자

"괜찮아. 이렇게 너를 찾았으니 이제부터는 외롭지 않을 것 같아서 괜찮아."

찬희가 20대 중반의 젊은 시절에 란희를 마지막으로 봤으니 20여 년의 세월이 지나간 것 같다. 초등학교 여자 친구의 갑작스런 전화는 찬희를 당황하게 했지만 란희의 전화는 참으로 반가웠다. 이런저런 어릴 때의 얘기들을 한참 한 후에 다음에 다시 연락하자면서 전화를 끊는다.

아내 숙영의 걱정이 많다. 미국에서 전화요금이 많이 나올 텐데 빨리 끊지 왜 그렇게 오래 전화 통화를 했냐고 핀잔 아닌 핀잔이다. 찬희는 초등학교 친구라면서 미국에서 잘 살고 있으니 국제전화요금 정도는 걱정하지 않아도 된다고 너스레를 떤다. 찬희는 콧노래를 흥얼거리면서 샤워를 마무리한다.

금호강

찬희는 대구를 비켜 흐르는 금호강변의 작고 아늑한 마을에서 성장한다. 어린 찬희는 발가벗고 작은 고추를 달랑거리면서 작대기를 들고 금호강의 얕은 곳을 이리 뛰고 저리 뛰어 다닌다. 금호강에는 1급수에서만 서식한다는 은어들이 많다. 찬희는 초등학교에 다니는 형아들의 뒤를 따라다닌다. 찬희는 은어를 잡느라고 금호강을 헤집고 다니면서 자란다.

형아들은 작대기로 은어들을 강물이 얕은 곳으로 몰고 다닌다. 은어가 한자리에서 잠시 멈추면 작대기를 강바닥으로 눕힌다. 은어가 작대기를 따라서 하류 방향으로 흐르는 물길을 따라 천천히 움직인다. 작대기 끝에는 형아들이 두 손을 오므려서 만든 함정이 기다리고 있다.

은어가 작대기를 따라서 자연스럽게 형아들의 두 손으로 들어간다. 형아들은 펄펄 뛰는 은어를 상처 하나 없이 손쉽게 포획한다. 어린 찬희는 은어를 한 마리도 잡지 못한다. 은어를 잡은 형아들을 부러워한다.

어린 찬희가 자라고 있는 마을 뒤편으로는 높지 않은 함지산이 자리하고 있다. 마을 앞으로는 낙동강의 지류인 금호강이 흐른다. 작은 산이고 크지 않은 강이지만 임산배수의 마을이니 아주 좋은 동네라고 마을 사람들이 말한다. 아름답고 순박한 마을이다.

찬희가 살고 있는 마을에는 아주 작은 초등학교가 있다. 한 학년에 2개 반밖에 없는 미니학교다. 초등학교에서 찬희랑 란이는 씩씩하게 자란다. 찬희는 수업을 마치고 청소하는 시간에는 반장 완장을 차고 막강한 권력을 휘두르기도 한다.

청소 시간이 되면 책걸상을 전부 교실 뒤편으로 밀어 놓게 지시한다. 교실 가장 뒤편에 책상을 3층으로 쌓는다. 3층 책상 위에 의자를 올려놓고서 반장인 찬희는 거드름을 피우면서 다리를 꼬고 앉는다. 교실 전체를 눈 아래로 만든 다음에 구석구석 청소를 지휘한다. 완전 폭군 놀음에 푹 빠진다.

마을 중앙에는 작은 교회가 있다. 교회에 다니던 학생들은 서로 흉허물 없는 친밀한 사이다. 란희는 찬희가 살고 있는 마을에서 약간 떨어져 있는 아랫마을에 살고 있다. 초등학교와 교회는 찬희가 살고 있는 윗마을에 있다. 찬희와 란희는 살고 있는 마을이 다르지만 같은 초등학교와 교회를

두 여자

다닌다.

찬희와 란희는 초등학교를 입학하기 전부터 마을 교회에서 운영하는 작은 시골 유치원을 다닌다. 어릴 때부터 교회가 익숙하다. 교회를 다니다기보다는 교회를 놀이터로 생각한다. 주중에는 학교를 놀이터 삼아 신나게 놀고 일요일에는 교회를 놀이터 삼아 건강하게 뛰어놀면서 성장한다.

교회에는 맛있는 먹거리가 많다. 교인들은 먹거리를 항상 준비해 둔다. 어른들이 순번을 정해서 매주 먹거리를 준비한다. 찬희와 란희는 교회에서 점심도 해결할 수 있고 친한 친구들과 즐겁게 놀 수도 있으니 매주 일요일을 기다리게 된다.

선물교환

찬희와 란희는 중학교 졸업반이다. 중학교를 졸업하기 직전 겨울에 교회에서 크리스마스 행사가 있다. 그중에서 선물교환 시간은 모든 학생들이 기다리고 있는 즐거운 행사이다. 모든 청소년들은 선물을 준비한다. 선물을 한곳에 모은다. 선물을 가질 수 있는 선택권은 게임의 결과에 따라 결정된다.

게임은 손수건 돌리기이다. 손수건 돌리기에서 이기는 사람의 순서대로 선물을 선택하게 되지만 누구의 선물인지는 모른다. 선물을 선택한 사람은 다음 게임부터 참여하지 않게 된다.

선택한 선물은 그 자리에 즉시 개봉할 수 있다. 선물에 대한 기대감 속에서 찬희는 선물을 선택한다. 선물을 개봉한다. 선물은 예쁘게 포장되어 있는 소설책이다. 토마스 하디가 지은 《테스》라는 세계명작이다. 찬희는 마음에 드는 듯 손을 들어 기뻐하면서 주위를 둘러본다. 반대쪽에 앉아 있는 란희의 눈과 마주친다.

크리스마스 행사를 마치고 교회를 나오는 도중에 란희가 찬희 옆으로 와서 소곤거리듯 말을 건다. 란희의 진지한 모습에 찬희는 살짝 긴장하면서 란희를 쳐다본다.

"찬아. 넌 무슨 선물을 받았니?"
"응.《테스》라는 소설책이야."
"읽어 본 소설이니?"
"아니. 난《테스》가 뭔지도 몰라."
"토마스 하디라는 작가가 쓴 세계명작인데, 많이 유명한 소설이거든."
"란이 네가《테스》를 잘 알고 있는 걸 보니《테스》를 많이 좋아하는구나."
"응. 아직 읽어 보지는 않았는데 내용은 대충 알고 있어. 많이 사랑하지만 이루어질 수 없는 슬픈 사랑의 이야기라고 들었어."

찬희는 란희가《테스》를 원하는 것을 알 수 있다. 찬희와 란희는 소설책을 사서 읽을 수 있는 가정 형편이 되지 않는다. 모든 사람들이 가난하던 1970년대 초이다. 얼마나 못살았으면 매일 아침마다 6시가 되면 마을 확성기에서 '우리도 한번 잘살아 보세'라는 가사의 '새마을' 노래가 온 동네 사람들을 깨울까.
마을의 확성기는 늦잠을 잘 수 없을 정도로 볼륨을 올린다. 할 일이 없지만 확성기의 시끄러움 때문에 아침 일찍 잠에서 깬 마을 사람들은 마당과 골목이라도 청소한다. 늦잠을 즐기지 못한 사람들의 불평이 있을 만한데도 신기하게 불평하는 소리는 전혀 들리지 않는다.

찬희와 란희는 하루 세 끼의 밥조차도 온전하게 먹기 힘든 어린 시절을 보낸다. '뛰지 마라 배 꺼진다'는 〈보릿고개〉라는 노래가 유행하던 시대이다.

책을 사 볼 수 있다는 것은 일종의 사치다. 어떻게 해서든지 참고서라도 한두 권을 구입할 수 있기를 희망하지만 대부분의 학생들은 책 한 권조차도 마음대로 구입할 수 없는 형편이다.

"그렇구나. 란아. 난 《테스》가 어떤 이야기인지 몰라. 이 책을 너한테 줄 테니까 네가 받은 선물은 나한테 줘라. 우리끼리 선물교환을 다시 하자."
"정말?"
"그래."
"엄청 고마워."
"그 정도 가지고 뭘 그래. 부끄럽게."

찬희와 란희는 자연스럽게 다음 일요일을 함께 기다리는 평소보다 좀 더 친밀한 사이가 된다. 겨울의 일요일들을 몇 번인가 지나면서 중 3을 마무리하고 고등학생이 된다.

이쁜 손

찬희와 란희는 고등학생이다. 학교는 서로 다르지만 두 학교는 걸어서 갈 수 있을 정도로 가깝다. 학교를 마치고 중간 지점에 있는 빵집에서 만나서 학교에서 있었던 소소한 얘기들을 나누기도 한다.

흐르는 시간이 아깝다. 뭔 얘깃거리가 그리도 많은지 학교에서 있었던 자질구레한 얘기들을 폭포수같이 쏟아 낸다. 아무런 의미가 없는 얘기들임에도 둘이서 마주 보고 깔깔대면서 웃는다.

때로는 둘이서 영화를 같이 보기도 한다. 이때 본 영화 중의 하나가 유명한 〈벤허〉이다. 〈벤허〉를 보면서 영화가 이렇게 길 수도 있음을 처음으로 알게 된다. 영화 상영 중간에 20분 정도의 쉬는 시간이 있는 영화는 처음이다. 생각해 본 적조차 없다. 영화의 규모와 내용에 감탄을 한다. 웅장한 배경과 웅장한 스토리는 같은 교회를 다니고 있는 찬희와 란희에게 많은 감동을 선물한다.

찬희는 란희가 타는 버스에 함께 오른다. 찬희는 란희가 내리는 버스 정류장에서 같이 내려서 란희가 집으로 들어가는 것을 보고는 다시 산모퉁이를 하나 더 걸어서 집으로 간다.

찬희의 귀가 길은 더 멀어지지만 걸음걸이 하나하나가 즐겁다. 내일은 일요일이다. 란희를 자연스럽게 만날 수 있는 날이다. 기다려진다.

란희는 교회에서 찬희를 찾는다. 교회 활동이 끝나고 교회에서 계속 재잘거리면서 시간을 허비한다. 교회에서 어린이를 위한 봉사활동까지 마치고 늦은 오후에 귀가한다. 란희는 찬희에게 집까지 데려다 달라고 한다. 산모퉁이 중간쯤에 편안한 작은 잔디밭이 있다.

　찬희와 란희는 금호강을 바라보면서 나란히 앉는다. 해가 넘어간다. 서쪽 하늘이 붉게 물든다. 금호강의 물결이 맑고 시원하다. 붉은 하늘에는 잠잘 곳을 찾아 돌아가는 새들이 군무를 이룬다.

　청둥오리인지 까마귀인지 알 수 없지만 장관이다. 금호강과 새무리들을 바라본다. 둘이서 그렇게 많던 할 말들이 갑자기 없어진다.

　란희는 찬희보다 인생을 상당히 많이 알고 있는 것 같다. 란희는 조숙한 편이다. 찬희는 란희보다 한 살 어리다. 찬희는 란희를 친구로 바라보는데 란희는 찬희를 남자로 바라보는 눈치이다.

　둘이서 만날 때는 항상 란희가 더 적극적이다. 둘이서 다음에 만날 수 있는 시간과 장소를 항상 란희가 먼저 정한다. 란희가 정하면 찬희는 '알았어'라고 간단하게 대답하거나 고개만 끄덕인다. 찬희의 수동적인 태도가 란희를 더욱 적극적으로 만들게 하는 것 같다.

　"찬아, 네 손이 참 이쁘다는 사실을 너도 알고 있니?"

　"내 손이 뭐 어때서?"

　"이렇게 예쁜 손을 만지지 않고 버려두면 죄를 짓게 되는 거야."

　"엄마, 아빠 덕분이지 뭐. 내가 만들었을까? 그래서? 란희 네가 만지려고 그러는 거야?"

　"히히. 농담"

　"…."

　"그래도 만져 볼까?"

란희는 농담이라고 하면서도 찬희의 손을 꼭 잡는다. 하늘에는 어느새 밝은 달빛이 비추기 시작한다. 찬희는 란희를 집까지 바래다준다.

Hee one, Hee two

금호강변이다. 오늘도 하늘은 맑다. 란희는 자연스럽게 찬희의 손을 잡는다. 예쁜 손은 자주 만져 줘야 한다면서 조몰락거리면서 만진다. 찬희와 란희는 그들만의 즐거운 공간인 작은 잔디밭에 나란히 앉는다.

"찬아!"
"응."
"우리의 공통점이 뭔지 알아?"
"공부 잘하는 거?"
"에이. 공부는 무슨? 난 공부 못하는데 넌 공부를 잘한다고 생각하는구나."
"에이. 그런 건 아니고. 그러면 공부 못하는 게 공통점인가?"
"시시하게 공부 그런 거 말고."
"공부가 시시하다고?"
"그럼 시시하지. 지금 얼마나 중요한 얘기를 하고 있는지 몰라? 우리 둘만의 공통점을 몰라?"
"아. 알았다. 이름에 있는 마지막 글자 희. 영어로는 Hee."
"딩동댕~ 찬아. 이제부터 우리끼리만 있을 때는 서로 별칭으로 부르고 싶어서 그래. 이름보다는 우리 둘만이 알 수 있는 비밀이 있으면 우리 둘이 더 가까워질 수 있을 것 같거든. 어때?"

"어떤 별칭?"

"우리 이름에 Hee가 공통으로 있으니까 넌 Hee one, 난 Hee two. 어떠니?"

"희원, 희투? 와~! 그거 좋아 보인다. 희투야. 란이란 글자가 발음하기 어려웠는데, 좋아. 그렇게 하자."

"알았어. 희원아. 찬이란 이름도 좋지만 별칭으로 부르는 우리만의 비밀이 생겼으니 더 좋은 것 같아."

"응. 나도 그래."

"그런데, 넌 우리 둘이서 언제부터 만난지는 알고 있니?"

"무슨 소리야? 초등학교 입학 때부터 10년도 넘었구만. 아니지. 유치원 때부터인가?"

"아니, 우리가 진짜 만나기 시작한 날이 언제인지 아느냐고?"

"어. 그러니까 중 3 때 교회에서 선물을 교환했던 날짜를 얘기하는 거니?"

"그래, 이 바보야."

"아! 그렇구나. 나는 우리가 그런 뜻의 만나는 사이인 줄은 몰랐지. 그냥 아주 많이 친하게 지내는 줄만 알았거든."

"으휴, 멍충이구나. 그러면 오늘부터 정식으로 우리가 만나는 날로 다시 정하자."

"엉? 정식으로 만나는 날짜가 어디 있어? 그냥 만나면 되는 거지."

"이런 진짜 멍충이, 만나기만 하면 만나는 거니? 사귀면서 만나야 진짜로 만난다는 의미가 되잖아 바보야. 희원아. 잠깐 이리 와 봐."

갑자기 란희가 찬희를 잡아당긴다. 란희는 찬희를 강하게 껴안는다. 찬희와 란희는 석고상처럼 굳어져서 더 이상 움직일 줄 모른다. 두 개의 심장이 지 맘대로 뛰어다닌다. 금호강의 물결은 잔잔하고 달빛이 환한 맑은 하늘에는 뭉게구름이 피어오른다. 희원과 희투는 하늘을 날아오르는 느낌이다.

테스와 란희

찬희와 란희가 고등학교 2학년이 저물어 가는 가을 어느 날이다. 란희가 찬희에게 《테스》 얘기를 꺼낸다.

"희원아. 너랑 바꾼 《테스》 있잖아."

"응. 《테스》 알고 있어. 그런데 《테스》가 왜?"

"《테스》 있잖아. 이때까지 다섯 번쯤 읽었는데, 너무너무 슬픈 사랑의 얘기야."

"《테스》가 슬픈 사랑의 스토리라는 정도는 나도 알고 있어. 너도 슬픈 사랑 얘기를 좋아하는구나."

"슬픈 얘기라고 해서 좋아하는 건 아니고. 난 '테스' 같은 사랑을 하게 될 것 같은 예감이 자꾸 들어."

"뭐라고? '테스'가 어떤 사랑을 했는데?"

"사랑하는 사람으로부터 버림을 받고, 사랑하지 않는 다른 사람의 애를 강제로 가지게 돼. 애를 키울 수 없는 환경이 더 심하게 악화되고 애는 죽게 돼. 애가 죽은 다음에 '테스'는 계속 괴롭히는 남자를 말다툼 끝에 실수로 죽인 다음에 도피 생활을 하게 되는데, 결국에는 잡히게 되고 사형장의 이슬로 사라지게 된다는 아주아주 슬픈 사랑의 얘기야. 《테스》를 생각하다 보면 나도 슬픈 사랑을 하게 될 운명이라는 생각이 자꾸 들어."

"소설은 소설일 뿐야. 너무 감정을 소설 속의 인물에 맞추려고 하지 마. 희투야 넌 아름답고 행복한 사랑을 틀림없이 할 수 있을 거야."

"고마워. 그런데 너도 슬픈 사랑의 얘기를 읽어 본 적이 있어? 《테스》만큼 슬픈."

"응. 있어."

"어떤 책인데?"

"듀마피스란 작가가 쓴 《춘희》라는 소설인데 첫 장면부터 예쁜 여주인공의 무덤에서부터 시작해. 첫 장면부터 주인공을 죽여 놓고 슬픈 사랑의 얘기를 시작하는 거야."

"스토리를 듣기도 전에 먼저 슬퍼지려고 한다."

"내가 이 소설을 읽고서 분개하는 것은 듀마피스라는 인간이 왜 주인공을 죽여 놓고 사랑 타령을 하는가에 있어. 최악의 악취미를 가진 심술 사나운 작가라고 생각해. 그래서 난 그 작가를 좋아하지 않아. 아주 싫어해."

"뭘 그러니? 재미있을 것 같은데? 어차피 소설은 허구의 얘기이잖아?"

"난 그 소설을 읽고서 사흘 동안이나 아무것도 못 했어. 밥도 제대로 못 먹었거든. 온몸에서 힘이란 힘은 다 빠져나간 느낌이었어. 그런 슬픈 책은 두 번 다시 읽고 싶지 않아."

"너도 사랑이 뭔지 알기는 아는 것 같구나. 결국 너도 슬픈 사랑의 얘기를 좋아한다는 얘기잖아."

"얘기가 그렇게 되나? 다른 재미있는 얘기도 있어. 헤밍웨이 있잖아.

그 사람이 쓴 소설에 보면 키스하는 방법이 나온다. 알고 있니? 진짜 재미있어."

"아니, 얘기해 봐. 재미있을 것 같아."

"헤밍웨이가 쓴 《누구를 위하여 좋은 울리나》라는 소설이 있어. 스페인에서 내전이 발생했을 때 어느 용병이 전쟁터에서 젊고 예쁜 여자랑 사랑을 나누게 되는데 여자 주인공이 궁금한 게 있다고 해."

"여자 주인공이 뭘 궁금해할까? 나도 궁금해진다."

"여자가 남자에게 '남자랑 여자가 키스를 할 때 큰 코가 서로 걸려서 키스하기가 불편할 것 같은데 어떻게 해요?'라고 물어 보거든. 그러자 남자는 기다렸다는 듯이 뻔뻔스럽게도 '키스는 이렇게 하는 거야'라고 하면서 얼굴을 가까이한 다음에 서로 엑스자로 만들고는 강렬한 키스를 하는 거야."

"그 소설은 어른이 미성년자를 데리고 실습하는 성교육 교과서이구나."

"그런가? 그런데 아쉽게도 성교육 장면은 키스를 교육하는 장면 그것밖에 없어. 나머지는 전쟁과 인간성에 관한 스토리가 전부이거든."

"하여튼 성교육이 재미있는 소설이네. 작가 헤밍웨이를 진짜 존경해야 되겠다. 희원아. 우리도 헤밍웨이 방법으로 키스 한번 해 보자."

"에이. 한국 사람은 코가 작아서 별로 불편하지 않을거야."

"그래도 해 보자."

"…"

두 여자

'LOVE 액자'

고등학교를 졸업하자마자 란희는 가족과 함께 서울로 이사를 가게 된다. 란희는 찬희를 자주 만나기 어려워진다. 란희가 20번째 생일이 되는 날, 19살이 된 대학교 신입생 찬희는 조그만 선물을 란희에게 보낸다. 손바닥보다 약간 큰 액자이다. 합판에 모래와 조개를 붙여서 정성스럽게 만든 글자로 된 'LOVE 액자'이다.

여러 가지 색깔들이 있는 아름다운 조개들이다. 찬희는 미적 감각을 최대한 살려서 LOVE 글자의 본을 그리고 그 위에 색깔별로 조개들을 하나씩 정성스럽게 올리고는 풀로 붙여서 만든다.

조개로 만든 글자를 장기간 보존할 수 있도록 투명한 아교풀을 조개 글자 위에 두껍게 바른다. 아마도 오랫동안 보관하더라도 변색하거나 훼손되지 않을 것 같다. 찬희가 작은 'LOVE 액자'를 만들어서 보내는 과정은 행복하다. 가슴이 설렌다.

작은 'LOVE 액자'를 받은 란희에게서 편지가 왔다.

희원아.
건강하게 잘 지내고 있니?

나도 이사 온 후에 서울 생활에 잘 적응하고 있어.
네가 만든 'LOVE 액자' 잘 받았어. 네가 처음 보낸 생일선물인데 너무 고마워. 참 잘 만들었더라. 아주 예뻐. 그런데 찬희 네가 나한테 처음으로 LOVE란 말을 쓴 건데 나를 사랑한다는 말로 받아들여도 되겠니?

몸이 멀어지면 마음도 멀어진다는데 우리 앞으로 얼마나 자주 만날 수 있을까? 난 언제나 너를 사랑하고 있지만 넌 나를 사랑하지 않는 것 같아서 많이 슬퍼. 그냥 나를 좋아하기만 하는 것 같아서 많이 섭섭해지려고 해.

내가 희원 네게 한 발자국 다가가면 항상 넌 한 발자국 더 멀리 도망가고 있는 것 같아. 넌 마치 신기루 같아. 넌 언제까지 내게서 멀리 떨어져 있을 거니?
아니지. 내가 잘못 생각했어. 미안해. 이제부터는 희원이 네가 나를 친구로 좋아해 주는 것만으로 만족할 생각이야. 내가 너한테 너무 사랑 고프다고 징징거리게 되면 넌 더 멀리 도망가겠지.

희원아.
내가 너를 귀찮게 하더라도 네가 이해해 주고 자꾸 멀리 도망만 가지 말아 줘. 네가 나를 멀리 한다고 생각하면 난 많이 힘들어져. 난 항상 네 옆에 있을 거야.

희원아.
건강하게 잘 지내.

두 여자

안녕

19××년 7월

희투, 란희가 보냄

 란희의 편지를 읽은 찬희는 답장을 하지 않는다. 란희를 생각하기에는 찬희의 대학 생활이 너무나 즐겁고 바쁘기 때문이다. 찬희의 머릿속에는 란희가 차지하는 공간이 점점 작아진다. 대학 생활의 큰 장점은 공부를 열심히 하지 않아도 된다. 무조건 놀고 또 논다. 간혹 반 대표가 주선하는 미팅에도 적극 참여한다. 심심할 여가가 없다.

 정신없이 시간을 보내던 찬희가 가을이 시작되는 어느 날 란희의 안부가 궁금하여 대학 생활을 중심으로 벌어지고 있는 즐거운 행사들을 잔뜩 써서 란희에게 소식을 전한다. 여학생들이랑 포도밭에서 미팅했던 재미있었던 얘기들도 주절주절 늘어놓는다.

 경제적인 사정으로 대학생이 될 수 없었던 란희는 찬희를 사랑하는 마음을 접기로 생각한다. 찬희가 여대생들과 너무 즐거운 시간을 보내고 있기 때문이다. 심지어는 찬희가 말하는 여학생들 중에는 찬희의 마음에 드는 여자애가 있다는 생각이 든다.

 찬희의 마음에는 란희라는 여자가 들어설 수 있는 공간이 전혀 없는 것 같다. 친구만 들어갈 수 있는 공간이 있는 것 같다. 란희는 찬희의 삶에 더 이상 걸림돌이 되고 싶지 않다. 란희는 찬희의 편지에 답장을 하지 않는다.

난 너랑 결혼할 거야

찬희는 대학생 생활에 푹 빠진다. 공부는 하는 둥 마는 둥 한다. F학점
도 모자란다. 반 이상의 많은 학점을 날리고 난 다음에 겨우 정신을 차린
다. 이대로는 도저히 정상적인 졸업이 어려울 것 같다. 군대로 도피하려
고 마음을 굳힌다. 군대를 마치고 복학하면 어떻게 되겠지라는 막연한 생
각만 가지고서 대학교 2학년 여름이 끝날 때쯤 무작정 군대에 지원하고
입대를 한다.

3년이란 군대 생활은 찬희에게 많은 반성을 하게 하는 좋은 기회가 된
다. 제대하기 6개월 전부터는 복학을 위한 준비를 한다. 찬희가 제대를 앞
둔 어느 날 란희가 예고 없이 면회를 온다. 반갑다. 4~5년 정도 못 만난 것
같다. 찬희가 무심했던 것 같다. 이런저런 안부의 얘기들을 주고받는다.
란희가 찬희에게 심각한 말을 건넨다.

"희원아. 넌 나를 어떻게 생각하고 있는지 모르지만 난 너를 많이 사랑
하고 있는 것 같아."

"…."

"난 너에게 내가 사랑하는 마음을 기회가 있을 때마다 수도 없이 말과
행동으로 표현했는데 넌 사랑에 대해서는 아무런 말도 안 하더라. 넌 나
를 사랑하고 있니? 아니면 좋아하고 있니?"

"…."

"내가 일방적이긴 하지만 희원이 너를 사랑하면서도 너에게 사랑을 강

요할 수 없었던 세월이 너무 길어진 것 같아. 그래서 넌 오히려 더 멀리 도 망가는 것 같아서 너무 안타까워."

"…"

"나. 있잖아. 다다음 달에 결혼하기로 했어."

"뭐라고? 결혼을 한다고? 아직 결혼할 나이가 아니잖아?"

"응. 아직 나이는 어리지만 여러 가지 형편으로 결혼을 해야 할 입장이야."

"그렇구나. 그러면 행복하게 잘 살아야지. 결혼할 남자는 어떤 사람이야?"

"응. 괜찮은 사람인 것 같아. 대학교는 서울에서 졸업했고 지금은 독일 에서 직장 생활을 하고 있는데 한국 지사에 3년 정도 파견 나왔다고 해."

"그렇구나. 스펙이 괜찮은데. 결혼 축하해"

"축하한다고? 축하하면 안 되는 거잖아."

"왜? 진심으로 축하해."

"다른 할 말은 없어?"

"…"

"겁내지 마. 희원아."

"겁은 무슨 겁을 낸다고 그러니?"

"희원아. 난 어차피 결혼을 해야 하지만 결혼하기 전에 내 마음을 정리 하기 위해서 왔어. 희원 네 마음도 한 번 더 확인해 보고 싶기도 하고."

"정리? 확인? 아주 많이 친한 우리 사이에 정리하고 확인할 게 뭐가 있 다고 그러니? 결혼할 때는 친한 친구 사이도 정리해야 하니?"

"어휴. 내가 바보지. 중 3 때부터 어린 맘에 나도 모르게 너를 좋아하다 가 사랑에 푹 빠지게 되었는데 아무리 해도 발버둥을 쳐도 빠져나올 수가 없어. 지금도 같은 마음이야."

"정리한다면서?"

"응. 내 마음을 정리하려고 왔는데 너를 만나고 보니 정리가 잘 안되는 것 같아."

"좀 쉽게 생각하면 어떨까?"

"그래. 쉽게 생각할게. 우선 결혼부터 할 거야."

"…."

"그리고 난 너랑 결혼하고 말 거야. 반드시."

"뭐라고? 다다음 달에 결혼한다면서?"

"응. 결혼은 할 거야. 두 달 뒤에. 그렇지만 언제인가는 이혼을 하고서라도 너한테 시집가고 말 거야."

"나 원 참. 난 장가가지 말고 네가 이혼할 때까지 기다리라고?"

"하여튼 내 생각이 그래."

"…."

단절의 시간

찬희와 란희는 20대 중반의 젊은 시절에 마지막 만남 이후 40대 중반에 재회를 한다. 란희가 서울에서 살고 있는 찬희의 집으로 전화를 해서 겨우 통화를 할 수 있었다. 얼굴을 서로 보고 만날 수는 없지만 새로 나온 정보통신 수단인 이메일로 서로의 소식을 주고받을 수 있다. 실제로 편지를 직접 주고받지는 않지만 매우 편리한 이메일이다.

찬희와 란희의 대화는 청소년 시절의 추억들을 재구성한 얘기들이 대부분이다. 한국에 대한 란희의 선입견은 란희가 독일로 떠나기 직전의 가난했던 시절에 고정되어 있다.

란희는 그동안 한국이 얼마나 발전했는지 눈으로 본 적이 없으니 한국의 경제발전을 상상하지 못한다. 찬희와 란희는 공통적인 관심사가 별로 없다.

란희가 떠날 때의 한국은 삼시세끼 밥도 제대로 챙겨 먹지 못하던 시절이다. 경제적인 어려움 때문에 학업을 계속할 수 없었던 여학생들은 고등학교를 졸업하자마자 공업단지로 일하러 가기에 바쁘던 시절이다.

열악한 노동환경으로 전국의 공단에서는 하루도 거르지 않고 노동문제가 계속 발생한다. 사회 전반적으로 일할 수 있는 직장이 부족했던 반면에 사업주들의 노동착취가 심각했기 때문이다. 노동착취에 대한 죄의식이 별로 없다. 열악했던 한국의 경제환경에 대한 모습들이 란희의 마지막 기억이다.

란희가 한국에 있을 때 좋지 않은 마지막 기억 중의 하나로서 1970년대 말의 YH사건이 있었다. 가발을 생산해서 수출하던 YH무역회사에서 노동착취를 하고 경영부실로 인하여 폐업하기에 이른다.

노동자들의 대부분인 여자 종업원들은 일자리를 잃게 되므로 폐업을 반대하면서 발생된 사건이다. 농성과정에서 여자 종업원의 사망사고가 발생하게 되면서 사건이 증폭되고 확대되어 종국에는 민주화의 시발점인 '부마항쟁사태'로까지 연결된다.

란희의 한국에 대한 기억 속에는 경제적으로도 정치적으로도 어마어마한 사건의 끝자락들이 자리하고 있다. 가난한 나라였던 한국에 대한 기억이 너무나 강하게 자리 잡고 있다. 경제가 급속도로 발전하고 있는 한국을 란희가 이해하기에는 어려움이 따른다.

란희는 경제적으로 모든 것이 부족했던 옛날을 생각하면서 찬희에게 부족한 게 있을까 봐 조금이라도 위로하고 싶어 한다. 찬희가 대기업인 S전자에서 일하고 있는 사실을 얘기해도 란희의 이해는 부족하다.

란희는 찬희가 한국에서 어떤 생활을 하고 있는지 현재의 수준을 모른다. 란희의 기억 속에는 오래전 한국을 떠날 때의 기억만 남아 있다. 란희의 기억 속에는 찬희가 가정 형편이 아주 어려움에도 불구하고 온 가족들의 희생과 도움으로 겨우 대학생이 되어서 어렵게 공부하던 모습이 전부이다.

반대로 찬희는 란희가 미국에서 고생하지 않고 경제적으로 풍족하게 잘살고 있는지 궁금하다. 찬희는 란희가 미국에서 혹시라도 제대로 적응하지 못하고 어렵게 살고 있지는 않은지 걱정을 한다.

찬희와 란희는 서로를 위로할 수 있는 방법들을 찾아보지만 서로 이해의 폭이 크게 다르기 때문에 대화가 어긋남을 자주 느낀다.

찬희와 란희는 대화의 소재가 부족해지면서 어느 날인가부터 연락이 뜸해지기 시작한다. 서로 살고 있는 환경이 다르기 때문에 공동의 대화를 찾기가 매우 어렵다. 서로 만나지 않은 채 이메일로만 나누는 대화는 서로를 어색하게 만들기도 한다.

수십 번도 더 반복하면서 대화를 했던 옛날의 기억과 추억들은 더 이상

　　　　　　　　　　　　　　　　　　　　　　　　　두 여자

관심의 대상이 되지 않는다. 즐거운 대화는 바닥을 보이면서 오래 유지되지 않는다.

찬희와 란희는 연락이 드물게 이어지다가 결국에는 연락이 되지 않게 된다. 찬희가 간혹 란희에게 연락을 취하는 노력을 해 보지만 시간이 흘러 서로 잊혀 간다. 몸이 멀리 있으면 마음도 멀어지는가 보다. 서로 소식이 없는 채로 또다시 오랜 세월이 무심하게 흐른다. 또다시 맞이하는 단절의 시간이 오랫동안 계속된다.

란희의 절친

찬희는 50대의 끝자락에서 아내 숙영과 함께 설악산을 여행한다. 설악산은 매년 2~3회씩 꼭 찾는 곳이다. 설악산이 있는 속초는 경치도 좋고 공기도 좋으면서 먹거리가 다양하다. 시내에 있는 관광수산시장에는 바가지 상혼이 없어져서 만족스럽다.

속초의 중앙시장에서는 어느 가게나 대부분 회가 싱싱하고 맛깔스럽다. 특히 매운탕은 일품이다. 매운탕 국물의 진한 맛은 언제나 입안에서 군침을 돌게 만든다. 찬희와 숙영은 다른 목적 없이 속초에 있는 '송도 물회집'으로 가자미 물회를 먹으러 일부러 찾아가서 식사 한 끼를 해결하고는 서울로 곧장 되돌아오기도 한다. 아내 숙영이 특히 가자미 요리를 좋아한다.

찬희와 숙영이 속초에서 먹거리를 쇼핑하던 중에 란희의 절친인 인혜를 우연히 만난다. 인혜는 출가한 딸이 살고 있는 속초 인근에서 살고 있다. 속초와 강릉 중간 지점에 있는 공기 좋은 곳에서 마음 편하게 살고 있다고 한다.

인혜도 건강이 좋지 않다. 인혜는 란희와 건강에 관한 대화들을 많이 한다고 한다. 그러나 최근 몇 년 동안에는 란희에게서 연락이 뜸해졌다고 하면서 혹시 좋지 않은 일이 생긴 건 아닌지 걱정한다. 인혜는 찬희와 란희의 친밀한 관계를 어느 정도 알고 있으며 란희의 유일하고 절친한 친구이다.

인혜가 찬희가 란희에게 무심하다고 질책 아닌 질책을 한다. 란희가 찬희를 얼마나 많이 생각했었는지 그리고 지금도 얼마나 많이 생각하고 있는지를 인혜가 잔소리같이 말한다. 찬희는 마음의 다른 한쪽에서 찡하게 울리면서도 란희에게 미안한 마음이다.

찬희는 인혜에게 변명을 한다. 찬희도 란희를 무진장 많이 생각한다고 변명한다. 그래서 지금도 란희를 찾고 있다고 말한다. 찬희는 인혜로부터 란희의 바뀐 연락처를 받는다.

찬희는 란희가 한국을 전혀 방문하지 않는 이유를 인혜에게서 듣는다. 란희는 폐가 좋지 않다. 한국에 오면 하루도 견디지 못할 정도라고 한다. 그래서 미국에서도 공기 좋고 따뜻한 플로리다에 정착했다고 한다.

미국에서는 대도시의 중심가를 벗어나기만 하면 어느 곳이든지 공기가 깨끗하고 맑기 때문에 폐에 무리가 가지 않는다고 한다. 란희는 한국을 방문하지 않는다. 방문하고 싶어도 방문할 수 없다. 서울에 들어서는 순간에 즉시 공해 때문에 폐가 망가질 것이기 때문이다.

이번에는 찬희가 먼저 란희를 찾는다. 처음이다. 란희는 오래 살다 보니 찬희가 먼저 찾는 날도 있다면서 많이 즐거워한다. 그리고 고맙게 생각한다.

　"희원아. 오래 살다 보니 너한테서 먼저 연락이 오는 경우도 있구나."
　"진짜로? 내가 희투 너를 먼저 찾은 적이 없었어?"
　"그럼. 진짜지. 먼저 찾아 줘서 고마워."
　"고맙긴!"
　"다행히 희투 네 친구 인혜를 우연히 만나서 너의 안부를 물어본 거야."
　"희원아. 너를 만나서 내 소식을 전해 준 인혜에게도 많이 고맙게 생각해야겠다."
　"그래. 인혜도 건강이 많이 안 좋은 것 같더라. 어딘지 말은 하지 않는데 많이 아픈가 봐."
　"응. 나도 들었는데 많이 아프다고 하더라."
　"나도 인혜에게 연락을 한 번씩 해 볼게."
　"그렇게 해 주면 나도 고맙지."
　"희투야. 혹시 너한테는 무슨 일이 있는 게 아니지?"
　"응. 괜찮아. 한동안 아무에게도 연락을 못 했었는데 희원이 너한테도 연락을 못 할 정도로 힘든 일이 좀 있었어. 전화번호도 바꾸고는 거의 모든 사람들과 연락을 끊었어."
　"지금은 괜찮아?"
　"지금은 다 해결됐어. 괜찮아. 너랑 다시 대화할 수 있어."

란희의 소식을 찬희에게 전해 준 인혜에게 란희는 감사한다. 란희는 그동안 견디기 힘든 시간이 있어서 찬희뿐만 아니라 다른 친구들에게도 연락할 엄두조차 못 냈다면서 미안해한다.

첫 번째 이혼

벌써 60대 초반이다. 젊었을 때 헤어진 후 20여 년 만에 재회했지만 십수년이 또 흘러간 다음이다. 찬희와 란희가 서로 만나지 못한 세월이 40년 가까이 지나가고 있지만 아직도 얼굴조차 볼 수 없다.

란희와의 연락이 다시 끊겼던 동안에 IT의 강국인 한국의 통신 수단들이 더 많이 발전되었다. 스마트폰이 세상을 지배하는 시대이다. 이메일보다는 SNS가 보편화된다. 편리한 세상이다. 나이가 있는 사람들은 SNS 중에서 카톡을 즐겨 사용한다.

찬희와 란희는 카톡으로 수많은 얘기들을 주고받는다. 서로의 가족들에 대한 소식과 사진들도 함께 주고받는다. 그러던 중 란희는 보낸 사진들 중에서 거실의 사진 한 장을 보라고 한다.

"희원아. 내가 보낸 사진 중에 우리 집 거실 사진 있잖니. 그 사진을 확대해 봐. 재미있을 거야."

찬희는 즉시 란희가 살고 있는 집의 거실 사진을 바라본다. 미국의 중산층 시민들의 가정이라는 느낌이 드는 평화로운 광경이다. 찬희는 거실 사진의 이곳저곳을 보물찾기하듯이 확대를 해 본다. 사진의 중앙에 커다란 6인용 식탁이 있다. 식탁 옆에 줄을 꼬아 만든 작은 사다리 선반이 있다. 선반 위에는 여러 가지 소품들이 걸려 있다. 찬희는 사진을 확대해서 본다.

찬희는 순간에 심장 멎는 듯한 전율을 느낀다. 걸려 있는 사진들 중간쯤에 찬희가 대학생 시절에 조개로 만들어 선물로 보냈던 작은 'LOVE 액자'가 예쁘게 걸려 있다. 40년이 넘게 지난 세월의 흔적이다. 찬희는 바로 문자를 보낸다.

"아니 이게 무슨?"

"왜. 놀랐니?"

"놀랄 정도가 아니지. 기절할 뻔했다."

"희원아. 희투가 옛날에 결혼한다고 너한테 신고했던 남자 있잖아."

"응. 알고 있어 서울 H대학교를 졸업한 멋진 남자라고 들었던 것 같아."

"그 남자랑은 아들 하나 만들어 놓고 이혼했어. 그 인간은 유부남이었어."

"엉? 유부남?"

"응. 유부남인지 동거남인지 하여튼 같이 살고 있는 여자가 있었어. 그 남자가 독일회사에서 근무하고 있었던 건 사실이야. 한국 사람인데도 나름대로 인정받고 있었어. 한국지사로 파견 나와서 살다 보니 한국에서 가정이 필요했던가 봐."

"유부남이었다면서?"

"엄밀하게는 유부남까지는 아니었던 같았지만 독일에서 동거하고 있던 여자가 있었던 건 확실했어."

"그 남자가 너랑 결혼을 왜 서둘렀다는데?"

"한국에서 혼자 살기가 힘들었던 모양이야. 나랑 결혼한 다음에 독일에 있는 여자랑은 헤어질 결심도 했던가 봐."

"나쁜 놈!"

"나도 그 당시에 살기가 팍팍해서 경제적으로 어려웠던 시기였거든. 하루라도 빨리 결혼으로 현실을 도피하고 싶었던 게 실수였어."

"그래도 그렇지. 결혼을 너무 서둘렀구나."

"희원이 네가 나를 잡아 주었더라면 좋았을 텐데. 네가 빈말로라도 결혼하지 말라는 말을 하지 않았잖아."

"엉? 내가 희투 너한테 또 미안한 짓을 한 결과가 되었구나. 네가 결혼할 거란 말을 들었을 때 좀 더 물어보고 말려야 했었는데 내가 잘못한 게 맞구나. 미안해."

"희원아. 네가 미안해할 일은 아니지."

"하여튼. 그래서? 그 남자가 동거녀가 있다고 이혼까지 하게 된 거야?"

"나 원 참. 고추가 너무 작아서 밤 자리도 시원찮은 주제에 독일에 동거녀가 있다니 기가 막혔어. 독일에서 결혼식까지 했던가 봐. 한국 지사에 몇 년간 파견 나왔을 때 나를 속이고 결혼한 거야."

"으휴. 그렇게 결혼을 서둘러서 하더니만 결과가 좋지 않았구나."

"그 자식은 끝까지 유부남이 아니라고 버티고 동거녀도 없다고 하더라. 마지막에는 독일에 같이 가서 확인해 보자고 하더라."

"그래서 따라갔었니?"

"날강도 같은 사기꾼에게서 벗어나야 했는데 그러지 못하고 한 번 더 믿는 마음으로 독일로 갔어. 돈 한 푼 없이 비행기표만 겨우 구해서 작은 가방 하나만 달랑 들고 독일로 갔어."

"독일로 가지 않았더라면 좋았을 것이라는 느낌이 든다."

"하여튼 가방에는 곧 나오게 될 아기 옷가지를 몇 벌 넣어서 갔는데 나도 모르는 순간에 네가 유일하게 선물했던 'LOVE 액자'를 챙기게 되더라."

"그 와중에 일부러 'LOVE 액자'를 챙겼다고?"

"그래. 네가 선물로 줬던 'LOVE 액자'가 내게는 가장 소중했던가 봐."

"어쨌든 독일에 있는 그 남자의 집까지 가게 되었고 결국은 본처인지 동거녀인지 모르지만 여자가 있다는 사실을 확인했어. 그러다 보니 이혼할 수밖에 없었어."

"독일에 아는 사람도 없는데 덜렁 이혼부터 하면 어떻게 하니? 희투 년 독일에서 직장을 구하기 어려웠을 것 같은데?"

"응. 그나마도 식당에서 일할 수는 있었어. 그런데 설상가상으로 이혼하는 도중에 아기를 낳았어. 아들이었어. 애를 키울 생각을 하니 캄캄해지더라. 나 혼자 먹고살기도 힘든데."

"기가 막히는구나."

두 번째 이혼

"그런데도 굶어 죽지 말라는 팔자였는지 쥐꼬리만 한 위자료가 거의 다 떨어질 쯤에 미국 사람과 새로운 인연이 생기더라."

"아들을 옆구리에 끼고 가방 하나 달랑 들고 다시 미국으로 가게 되었어. 미국 사람이랑 다시 결혼하게 된 거야."

"미국 남자를 사랑하게 되었구나."

"사랑의 감정을 느꼈다기보다는 이판사판이었다고 하는 게 옳을 거야.

죽기 아니면 까무러치기라는 말이 있잖아. 여기서 죽기밖에 더 하겠냐는 자포자기의 심정도 많이 있었을 거야."

"회투야. 정말 파란만장한 삶이였구나."

"파란만장한 얘기는 아직 시작도 안 했어. 진짜 인생 얘기는 지금부터야."

"그래. 시간 많으니 천천히 얘기해 봐. 얘기만 할 수 있어도 스트레스가 풀린다고 하더라."

"다행하게도 미국 사람이 어린 아들을 이뻐해 줬어. 미국 사람과 그런 대로 정을 붙이면서 살아가고 있었고 모든 게 편했지만 한 가지는 불편한 게 있었어."

"어떤 불편? 잠자리?"

"응. 아는구나. 한국 사람들 고추는 말 그대로 진짜 고추만 하게 작은데 미국 사람들 고추는 고추가 아니고 완전 몽둥이만큼 크더라."

"크면 좋지 않나?"

"좋기는? 너무 크니까 거시기가 찢어질 정도로 통증이 심하게 되더라. 그래서 그랬는지는 모르지만 미국 사람과 결혼한 지 몇 년이 되지도 않은 시점에 자궁암을 판정받았어."

"이런 변이 있나? 그래서 어떻게 됐니?"

"그렇게 심하진 않았어. 자궁암 초기이니 간단한 수술로 끝 낼 수 있었어."

"그나마 불행 중 다행이네. 많은 사람들이 자궁암은 착한 암이라고 알고 있잖아."

"자궁암이야 크게 신경 쓰지 않아도 될 정도로 치료가 어렵지 않았으니까 많은 걱정을 하지 않았지. 다만, 자궁을 들어내게 되니 더 이상 임신할 수 없다는 섭섭함은 있었어. 미국 남편은 이해해 주더라. 되게 고맙더라."

두 여자

"좋은 남편이었구나."

"희원아. 아니 찬아. 자궁암을 치료한 다음에 5년 생존율이 90% 이상이라는 의사의 소견이 나왔어. 암에는 완치가 없다고 하지만 이런 정도라면 완치된 거나 마찬가지라고 해. 그런데, 좋아 보이던 미국 남편이 왠지 모르게 서서히 멀어지기 시작하더라."

"왜? 권태기가 찾아왔었나?"

"아니지. 암 치료가 끝날 때부터 남편이 나를 멀리하기 시작했던 것 같았어. 남편의 입장에서 보면 아직 젊으니까 친자식을 가지고 싶은데 자궁이 없는 여자를 누가 좋아하겠니?"

"이런. 란아. 희투야. 참 힘들게 살았구나. 넌 마치 일부러 고생을 찾아다니는 것 같아."

"나도 잠자리를 할 때마다 성교통이 반복되니 즐거운 마음이 생기지 않더라. 그래도 가정을 유지하기 위해서 서로 조금씩 노력은 했어."

"그게 노력한다고 해결될 문제는 아닌 것 같다만."

"응. 맞아. 잠자리가 부실한 부부간의 틈은 생각보다 더 빨리 커지는 것 같았고 결국은 오래 지나지 않아서 또 이혼하게 됐어."

"언젠가 해야 할 이혼이라면 더 이상 불행해지기 전에 이혼하는 것도 나쁘진 않을 것 같긴 하다."

아프리카 봉사

"그래도 다행이었던 것은 위자료를 조금 챙길 수 있어서 큰 도움이 되었어. 미국 남편이 미안해하면서 위자료를 넉넉하게 줘서 한편으로는 고마운 마음도 생기더라. 미국이란 곳이 돈 없으면 하루도 버틸 수가 없는 곳이잖아."

"결혼해서 같이 살았던 기간이 몇 년이 되지 않았는데도 위자료를 받을 수 있었구나. 참 다행이다."

"큰돈은 아니었지만 그 돈으로 한인타운에서 작은 미장원을 개업할 수 있었어. 미용기술이 있어서 다행이었던 것 같아. 미국에서 나 홀로 생계활동을 처음 시작할 수 있게 된 거야. 그래서 아들 뒷바라지를 할 수 있게 되었고 아프리카 봉사활동도 조금씩 할 수 있었어. 참으로 감사한 일이야."

"아니! 아프리카 봉사활동을?"

"응. 별건 아니고 어린애들 옷이나 가방이나 소품들을 시간 나는 대로 직접 만들어서 아프리카 봉사 단체로 보내는 활동이야. 보람도 있고 내정신건강에도 많은 도움이 되는 것 같아서 10년 넘게 계속하고 있어. 앞으로도 계속할 생각이야."

"역시. 넌 대단하다. 네 아들과 살아가는 것 자체만으로도 힘겨울 텐데 아프리카 애들에게까지 봉사활동을 하고 있다니 정말 대단해."

"그게 뭐 별거라고 그러니. 난 아프리카 애들을 위해서 봉사하는 게 아니고 나 자신을 위해서 봉사활동이 필요하다고 느끼고 있어."

"그래. 너 자신을 위한 봉사활동. 좋아 보인다. 아프리카 어떤 나라 애들을 대상으로 봉사활동을 하고 있어?"

"어느 나라인지까지는 내가 결정하지 못해. 국제봉사 단체로 생활용품들을 만들어 보내면 단체에서 아프리카 여러 나라의 어린애들에게 보내고 있어."

"어떤 애들이 허투 네가 만든 옷을 입는지는 알 수 있어?"

"물론이지. 내가 만든 옷을 입거나 가방을 들고 있는 사진을 받아 보고 있어. 고맙다는 편지도 오고 있어."

"재미있겠다. 보람도 느낄 수 있을 것 같아서 더 좋을 것 같다."

"맞어. 10년쯤 봉사활동을 했더니 아프리카 애들을 많이 알게 됐어. 오래된 애들 중에는 20살이 넘은 청년이 된 애들도 있어. 지금도 이메일로 연락을 주고받는 애들이 있어. 기분이 참 좋아."

"아프리카 애들이 가방도 좋아할 것 같다. 학교 다니면서 네가 만들어 준 가방을 들고 다니면 자랑스럽기도 하겠다."

"응. 애들이 자기 친구들에게 내가 만들어 준 가방을 자랑하는 사진도 가지고 있어."

"희투야. 참 다행이다. 네가 미국 생활에 잘 적응하고 있는 것 같아서 나도 즐거워진다."

"지금 백팩을 하나 만들고 있어. 네가 산에 갈 때 사용하면 좋을 것 같아서 하나 만들고 있어. 완성하는 대로 보내 줄게."

"알았어. 그렇지만 나한테까지 봉사활동을 할 필요는 없어요. 그런데 지금은 혼자 살고 있니?"

"아니. 또 미국 남자와 같은 집에서 같이 살고 있어."

"엉? 이건 또 무슨 상황이니?"

세 번째 인연

"미장원을 시작한 지 3, 4년쯤 되었나 몰라. 어느 날 단골손님 중에 나보다 훨씬 젊은 총각이 나보고 데이트를 신청하더라. 한국 사람들은 미국 사람들보다 나이가 젊어 보이잖아."

"그래서 또 결혼했다고?"

"그 남자가 지금 울 집에서 같이 살고 있는 남편이야. 미국 오리지널이고 나보다 11살이나 적어. 완전 영계랑 살고 있어."

"좋겠구나. 영계랑 살고 있으니까 행복하니?"

"응. 거시기도 지난번 남편보다는 작지만 첫 번째 한국 남편보다는 크더라. 나한테 적당해서 잠자리도 만족스러워. 더 중요한 것은 내가 임신할 수 없다는 사실을 알고 있으면서도 나만 사랑할 수 있다고 하더라."

"이제는 사랑 타령을 할 나이는 지났잖니?"

"응. 그렇구나. 내 아들을 자기 아들같이 생각하며 보살펴 주고 대학교도 보내 준다고 약속했어. 그게 어디 쉬운 일인가? 그래서 사랑 타령을 좀 해 봤다."

"옳은 말이네. 남의 아들은 남의 아들일 뿐인데."

"그런데 10년 이상 살아 보니 남편의 약속이 진심이라는 사실을 알게 되었고 지금도 나한테 엄청 잘해 주고 있어. 진심으로 나를 사랑하고 있는 것 같아."

"대단하다. 희투야. 넌 정말로 대단한 여자구나. 엄청나게 힘들고 고생을 하면서 살아 봤잖아. 그런데 아직까지도 사랑으로 살아가고 있다고 하니 존경이 저절로 된다. 흐흐."

두 여자

"놀리지 말아. 희원이 네가 나를 멀리하니까 내가 여기까지 오게 된 거 잖니."

"뭐라고? 너 정말 안 되겠구나. 혼 좀 나 볼래?"

"왜 그러니? 너 지금 나한테 화내는 거니?"

"화는 무슨. 난 항상 가만있는데 네가 나를 흔들었잖아. 나한테 찾아와서 일방적으로 결혼한다고 통보한 사람이 너잖아."

"아. 그렇구나. 내가 잘못했구나. 미안해."

"난 너를 멀리 있다고 생각해 본 적이 한 번도 없어. 희투 넌 항상 내 마음속의 한 자리를 차지하고 있어. 지금도 같아. 앞으로도 그럴 거야."

"역시 그랬구나. 넌 항상 그랬어. 희원. 네 마음속에 나를 가두어 놓고는 바라만 보고 있었어. 넌 언제나 내게서 한 발자국 멀리 떨어져 있었어. 지금도 그런 느낌이야. 난 너를 잡을 수가 없었어. 넌 내게 처음부터 끝까지 허상이야."

"어쨌든 넌 항상 내 맘속에 살아 있어."

"너도 항상 내 맘속에 살아 있거든."

"란아. 희투야. 너랑 나랑 이런 사이를 컴퓨터 속의 세계에서 벌어지는 가상현실이라고 할 수 있는지 모르겠다."

"가상현실이라니?"

"우리 둘의 사이를 우리가 알지 못하는 저 높은 곳에서 어떤 유능한 신들이 조정하면서 소일거리 삼아 즐기고 있는지도 모르겠다."

"희원아. 너의 상상력이 참 자유롭구나."

"혹시 〈매트릭스〉라는 영화를 봤니? 우리가 그 영화랑 비슷한 컴퓨터 속의 세계에서 벌어지고 있는 가상의 세계에서 살고 있는 것은 아닌지 간혹 생각해 보고 있어."

"혹시라도 우리 둘 사이가 신들의 장난으로 만들어진 가상현실의 일부라면 이왕지사 희원이 너도 나를 사랑해 주면 좋겠다."

"영양가 없는 얘기는 그만두고 네 얘기나 계속해 봐."

"그래. 미안해."

혀

"지금의 남편이랑 결혼한 지 5~6년쯤이나 지났을까 모르겠는데, 어느 날인가부터 혀가 살짝 불편해지더니만 말하기도 조금씩 불편하기 시작했어. 그래도 생활하는 데는 지장이 없어서 그냥 지내고 있는데 남편이 이상하다면서 병원엘 가 보자면서 날 데리고 갔어."

"뭐야. 또 불안하게?"

"불안해하지 마. 희원아"

"…."

그러고 보니 찬희는 란희랑 연락을 다시 시작한 이후에 전화 통화를 직접 한 적이 한 번도 없다. 란희의 목소리는 오래전 어느 날 밤에 국제전화로 살짝 쉰 듯한 목소리를 한번 들어 본 적이 있을 뿐이다. 그리고 젊었을 때의 낭랑했던 목소리만이 어렴풋이 생각날 뿐이다.

찬희가 란희를 다시 찾은 이후에는 카톡으로 실시간 소식을 주고받는데 익숙해졌기 때문에 서로 직접 대화를 할 필요성을 느끼지 못하고 있다. 찬희는 란희의 목소리가 기억에서 거의 사라지고 없다.

두 여자

"그래서 병원에서는 뭐라고 진단하던데?"

"여러 가지 검사를 하고 보름쯤 지나서 남편이랑 같이 병원엘 갔더니 의사가 설암이라고 하더라."

"설암? 그건 또 뭔데?"

"뭐긴 뭐야. 혀에 암이 생겼다는 거지."

"Oh my god!"

"남편과 아들이 울고불고 난리가 났었어."

"그랬구나. 희투 네가 많이 놀랐겠다."

"아니. 난 별로 놀라지 않았어. 옛날에 자궁암을 치료해 봤던 경험이 있어서 그런지 놀래거나 두렵지는 않았고 단지 생활이 불편해질 것이라고는 느꼈어"

"그게 그렇게 쉬운 병이니?"

"쉬운 병은 아니지. 다만 지난날에 한번 경험했던 암을 다시 겪게 되니 암이라는 병에 적응을 했다고 해야 하나. 하여튼 암을 담담하게 대처할 수 있었어."

"…."

그래서 그랬구나. 란희가 말은 쉽게 하지만 암투병이 결코 쉽지 않을 것이다. 란희가 설암 판정을 받고서 암투병으로 인하여 여유를 가질 수 없었기 때문에 오랫동안 연락이 없었다는 생각에 미치자 찬희는 할 말을 잃는다.

다른 사람들에게는 한 번도 엄청 어려울 고통을 두 번씩이나 겪게 하니 하나님도 참으로 무심하시지. 누구보다도 믿음이 강한 독실한 기독교

신자인 란희가 너무 애처롭게 느껴진다.

　젊었을 때, 두 번째 결혼을 한 후에 발병했던 자궁암은 착한 암이라고는 했지만 그래도 암이었다. 아무리 착한 암이라고 할지라도 암은 암이기 때문에 치료하는 과정에서의 고통은 겪어야 하기 때문이다. 다른 암에 비해서 생존율이 높으니까 상대적으로 쉬운 착한 암이라고 할 뿐이다.

　란희가 자궁암투병 생활을 끝내고 이제 겨우 정상적인 부부생활이 가능해졌는데 설암이라니 말문이 막힌다. 설암은 치료조차 어려운 위치에 있다. 수술하기도 거의 불가능하다. 혀를 잘라 내기에는 무리가 많기 때문이다.

　설암 판정을 받은 후 계속 약물 치료를 해 왔지만 차도가 없다. 그나마도 더 이상 악화되지 않고 있으니 다행이다.

　란희는 수술을 하지 않고 항암 치료를 오랜 기간 지속하다 보니 고통이 배가된다. 견딜 수 있는 마지막까지 견뎌 보려고 노력한다.

　찬희는 란희의 고통이 걱정된다. 란희는 설암을 치료하면서 고통스럽고 어려웠던 시간들을 어떻게 견디고 있을까? 찬희는 마음이 떨리고 손이 떨려서 더 이상 카톡을 계속할 수 없다.

하트 금목걸이

"희원아!"

"응."

"나 부탁 하나 하고 싶은데 꼭 들어줬음 좋겠어."

"그래. 뭐라도 말해. 뭐든지 전부 다 들어줄게. 내 혀를 달라고 하면 혀라도 잘라서 줄게. 뭐든 말만 해. 어서."

"고마워. 어려운 부탁이 아니고, 희원이 너한테 선물을 하나 받고 싶어서 그러는 거야. 희원이 너한테 내 평생 처음 부탁하는 거야."

"뜸 들이지 말고 얼른 말해 봐. 뭐든 다 해 준다니까."

"응. 오래전 한국 드라마에서 봤는데 주인공은 생각나지 않지만 젊은 남자 주인공이 양쪽으로 쪼개진 '하트 금목걸이'를 만들어서 여자 친구에게 주던 장면이 생각나네."

"좀 유치하다는 생각이 든다."

"응 조금은 유치하지만 감동적이더라. 희원이 네가 쪼갠 하트 금목걸이를 만들어서 나랑 나누어 가지면 어떨까 싶어. 내가 엄청 행복해질 것 같거든."

"그게 뭐라고 행복씩이나!"

"네가 내게 준 첫 번째 선물이었던 'LOVE 액자'랑 두 번째 선물인 쪼개진 '하트 목걸이'는 내 평생 간직하고 싶어."

"…"

"한 가지 더 추가."

"알았어. 당장 알아보고 만들어서 보내 줄게. 추가할 게 있으면 얼마든지 추가 해."

"응. 목걸이 뒷면에 한글로 '희'라고 글자를 새겨 줘. 양쪽 다. 영어로 된 'Hee' 말고 한글로 된 '희'라야 돼. 너랑 나랑 유일한 공통점이야. 너를 못 본 지 오랜 세월이 훌쩍 지났지만 너랑 항상 함께하고 있다는 생각을 할 수 있을 것 같아."

"알았어."

"사랑해."

"나 말고 네 남편이나 열심히 사랑해 줘라."

"당근. 남편을 사랑하는 것이랑 희원이 너를 사랑하는 마음은 전혀 다르지. 난 두 사람 모두 하늘만큼 사랑하고 있어."

"그래. 사랑은 많이 할수록 좋은 거니까."

"너랑 대화할 수 있도록 허락해 주신 하나님에게 너무너무 감사해."

"또, 하나님 타령이구나."

"그럼. 이 모든 게 하나님의 은총이지."

"개뿔! 그토록 믿고 있는 너네 하나님은 너를 세 번씩이나 결혼하게 만들었고 두 번씩이나 암을 선물하니?"

"그렇게 하나님을 비난하지 말아. 이 세상에서 일어나는 모든 것들은 하나님의 뜻이야. 우리는 하나님의 뜻대로 살아야 돼."

"아니지. 한 번도 하기 힘든 결혼을 세 번씩이나 할 수 있었던 것은 하나님의 끝없는 축복인가?"

"놀리지 말고."

"싫다. 난 하나님을 미워할 거다."

"내가 싫어할 테니까 하나님을 미워하지 마."

두 여자

"희투야. 넌 나랑 마지막인 결혼을 나하고 해야 한다고 그랬잖아? 네가 오래전에 말했던 것을 지켜야 하잖아? 설암 그거 아무것도 아니야. 자궁암하고 비슷해. 요즘에는 약이 좋아서 약물만으로도 치료가 가능하단 소리를 들었어. 아무 일 없을 거야. 힘 빠지는 소리는 다시 하지 말기다. 알았지?"

"알았어. 고마워."

찬희는 말도 되지 않는 소리를 횡설수설 늘어놓다가 온몸에 힘이 빠져나감을 느낀다. 찬희는 부랴부랴 인터넷을 검색해서 쪼개진 '하트 금목걸이'를 제작한다. 란희는 한 쪽씩 하트를 반쪽 나누어 가지기를 원했지만 찬희는 두 쪽 모두를 란희에게 보낸다. 하트를 쪼개지 않고 하나로 합쳐서 마음속의 사랑을 완성하라는 의미를 담았다.

란희는 '하트 금목걸이'를 받아 들고서 좋아한다. 평생을 함께한 'LOVE 액자' 양쪽에 '하트 금목걸이'를 걸어 둔다. 예쁘게 잘 어울린다.

평화로운 아폽카 마을

찬희는 란희와의 오래된 기억들 속에서 다시 현실의 세계로 돌아온다. 시원한 아폽카 호수가에 있는 작은 공원이다. 키가 큰 나무 그늘 아래에서 찬희는 아내 숙영이랑 멍 때리면서 휴식 중이다. 하늘을 쳐다본다. 아폽카의 새파란 하늘에 뭉게구름이다.

요즘 한국에서는 보기 어려운 뭉게구름이다. 어릴 때 금호강에서 은어를 잡느라고 뛰어놀면서 쳐다보았던 하늘이랑 비슷한 뭉게구름이다. 갑자기 생뚱맞은 의문이 생긴다. 요즘 한국에서는 왜 뭉게구름을 보기 어렵지? 그러고 보니 한국에서 최근에는 제대로 된 뭉게구름을 본 기억이 없다.

찬희는 아폽카 호수에 오기 전에 가까이 있는 작은 아폽카 마을에 잠깐 동안 들렀다. 아주 잠깐 동안. 란희가 살고 있는 마을이다. 예쁜 주택들이 흩어져 있다. 한여름의 마을은 조용하기만 하다. 마을 입구에 있는 카센터에서 자동차를 분해하고 있는 엔지니어 이외에는 강아지 한 마리 보이지 않는다. 모두들 휴가를 갔거나 오수를 즐기고 있을지 모른다. 그러고 보니 미국에는 섬머타임이라는 게 있다.

아내 영숙은 쉴 곳도 없는 이런 곳에 왜 왔느냐고 핀잔이다. 찬희는 운전 중에 졸음이 오고 지나가는 길에 마침 마을이 예뻐서 잠시 구경하면서 졸음을 깨운다고 둘러 댄다.

찬희는 사우스캐롤라이나의 베이스캠프를 출발하기 며칠 전에 란희에게 한번 만날 수 있기를 제안한다.

"희투야. 며칠 후에 아내랑 함께 플로리다를 자유여행할 계획인데 지나가는 길에 너네 부부랑 한번 만나면 어떨까?"

"어딜 여행할 건데? 나를 만날 수 있겠니?"

"응. 너네 집이 있는 올랜도를 포함한 플로리다 전체를 여행할 계획이야 한 열흘 정도를 생각하고 있어."

"안 돼. 절대 안 돼."

"엥? 안 된다고? 난 네가 좋아할 줄 알았는데? 네가 나를 보고 싶어 하고 있는 줄 알았는데?"

"너네 아내랑 내 남편이 모두 우리 둘 사이를 이상하게 생각할 수 있잖니?"

"뭐가 이상해? 초등학교 동창인데 자연스럽게 안부를 주고받으면서 식사를 같이 하면 되는데 뭐가 이상하니?"

"희원아. 넌 그래서 내게서 항상 한 발자국 멀리 떨어져 있다는 소리를 듣는 거야. 넌 여자 마음을 너무 몰라."

"…."

"넌 어떨지 몰라도 난 남편 앞에서 너에 대한 내 감정을 숨길 수 없을 것 같아. 절대 불가능해. 너랑 반갑게 만날 수 없을 것 같아."

"희투야. 네가 그렇게 생각한다면 하는 수 없지. 아쉽지만 내가 포기할게."

"희원아. 미안해. 다음 기회를 만들어 보자."

"응."

찬희는 란희네 부부와의 만남이 불발되었지만 란희가 사는 모습을 조금이라도 보고 싶다. 찬희는 란희의 집 앞까지 찾아간다. 네비게이터가 가리켜 주는 대로 따라가니 어렵지 않게 란희가 살고 있는 집을 찾을 수 있다.

란희는 미국의 전형적인 보통 사람들의 중산층들이 살고 있는 평화로운 마을에 주민으로 잘 적응한 것으로 보인다. 담장 넘어 뒤꼍에는 호박 덩쿨들이 보인다. 해바라기도 보인다. 깻잎도 따 먹고 있다고 란희가 자랑스럽게 했던 말이 생각난다. 혹시 란희가 불쑥 나타날까 봐 조마조마했지만 다행히 주차된 자동차가 없는 걸로 봐서 외출 중인 것 같다.

찬희는 숙영과 아폽카 마을을 뒤로한다. 아내 숙영의 핀잔이 계속된다.

"마을이 참하고 편하네. 쉬는 김에 마을 구경 좀 하고 가지 왜 이리 서둘
러서 가려는 거야? 누가 쳐들어오기라도 하나?"
"응. 가까이 큰 호수가 있는데 거기 가서 편안하게 쉬는 게 더 좋을 것
같아서 그래."
"알았어. 얼른 가요."

달라스

찬희는 란희의 아픔을 되돌아본다. 찬희의 마음은 아폽카 호수의 잔잔
한 물결들로 가득해 진다. 찬희와 숙영은 열흘 정도의 일정으로 시작했던
플로리다 자유여행을 마무리하고 아폽카 호수를 떠난다.

베이스캠프인 딸네 집으로 돌아온 찬희는 란희에게 카톡을 보낸다.

"희투야. 며칠 전 란희 너네 집 앞까지 갔다 왔어. 그냥 집 외부만 봤는
데 평화스럽게 보여서 좋더라."
"뭐라고? 울 집에 왔었다고? 깜짝이야."
"네가 부부 간 만남을 좋아하지 않아서 하는 수 없이 여행 중에 너네 집
에 잠시 들러서 바깥 모습만 보고 왔어."

두 여자

"정말로 희원이 네가 울 집까지 올 줄은 몰랐는데?"

"희투야. 네가 살고 있는 너네 집을 실제로 보는 것만 해도 너를 보는 것 같아서 내 마음이 조금은 안심이 되는 것 같아. 네가 미국에서 잘 살고 있는 것 같아서 반갑기도 했어."

"희원아. 우리가 만날 수 있는 기회를 거절해서 정말 미안하다. 그런데 넌 언제 귀국할 거니?"

"다음 달 10일 예정이야. 달라스에서 환승해서 귀국하는 일정이야."

"그렇구나. 날짜는 확정된 거야?"

"응. 확정된 날짜야. 변경할 수 없는 날짜."

"그러면 달라스 공항에서 환승하는 시간 중에 여유 시간이 있으면 잠깐이라도 잠시 만날 수 있을까? 내가 달라스로 갈 수 있을 것 같아."

"뭐라고?"

"널 만나러 갈 수 있다고."

"나를 만나려고 일부러?"

"응."

"올랜도에서 비행기를 타고 몇 시간씩이나 걸려서 달라스에 온다고? 딱 10~20분간 얼굴만 보려고? 순식간에 얼굴 한번 보고서는 다시 그 먼 길을 되돌아간다고? 너 정신이 있는 거니?"

"왜 그래. 내가 너를 보고 싶어서 만나자고 하는데."

"그건 아닌 것 같아. 혹시라도 나중에 후회하는 일이 생기게 될지도 모를 일인 것 같아."

"왜 또 도망가려고 그러니? 수십 년 넘게 도망 다녔으면 됐으니까 이번에는 제발 도망가지 말아 줘."

"알았어."

"약속하는 거야?"

"알았어. 약속할게."

"오랫동안 희원이 너를 못 봤고 앞으로도 못 볼 것 같으니까 이번 기회가 너를 가까이서 볼 수 있는 마지막 기회가 될지도 몰라."

"허투야. 마지막이란 소리를 그렇게 쉽게 하지 말자."

"응. 미안해. 찬아. 희원아. 너를 10분만이라도 꼭 보고 싶어서 그러는 거야. 그래야 여생 동안 후회하지 않을 것 같아."

"알았어. 틈을 만들어 볼게."

"약속을 꼭 지켜야 해. 알았지?"

"응. 알았어. 약속 지킬게."

찬희는 란희에게 하자는 대로 희망적인 대답을 한다. 그러나 찬희는 란희의 희망을 들어줄 수 없다. 찬희와 아내 숙영은 귀국한다. 결국 찬희는 미안하다는 카톡 한 문장으로 란희의 마지막 바람을 지켜 주지 못한다.

너무 바쁘신 하나님

태평양이란 바다는 한없이 크고 넓다. 만나고 싶은 사람을 만날 수 없게 만든다. 찬희와 란희는 태평양을 사이에 두고서 만날 수는 없지만 마치 같은 서울에 살고 있는 친구랑 대화하듯이 실시간으로 카톡으로 소식을 주고받는다.

란희의 소식이 뜸할 때는 투병으로 인한 고통 때문에 정신이 없을 경우이다. 고통이 잠시 조용해지면 다시 찬희에게 소식을 전한다. 란희는 병원에서 암을 치료하는 방법에 순응한다. 약물 치료를 위주로 하면서 고통을 그저 참고 견디는 시간의 연속이다. 찬희의 가슴은 더 많이 아프다.

찬희는 하나님을 억지로라도 이해하기 시작한다. 하나님은 참으로 바쁘실 거야. 하나님은 분명히 우주를 창조하시고 인간을 창조하셨을 거야. 그렇지만 70억이 넘는 많은 사람들의 모든 마음들을 어떻게 일일이 이해하고 보듬어 주실 수 있을까?

사람들은 자녀를 낳는다. 부모가 무한한 사랑의 이름으로 자식들을 창조한다. 부모가 자녀를 창조했다고 해서 자녀들의 마음을 전부 헤아리고 행복하게 만들어 줄 수 있을까? 부모가 자식들을 낳았다고 해서 자식들의 모든 행동과 생각들을 보호할 수는 없는 일이다.

하나님이라고 해서 하나님이 창조한 모든 인간들을 책임지고 보호해야만 할까? 아마도 책임지고 싶어도 책임질 수 없을 것이다. 그렇다면 하나님은 책임지지 못할 인간들을 왜 그렇게 많이 만들어서 방치하고 그들의 행복이 파괴되는 것을 보고만 있을까? 오히려 인간들의 행복을 하나님 스스로 파괴하고 있는 것은 아닐까?

하나님은 혹시 너무너무 심심해서 매우 훌륭한 장난감인 자유의지가 있는 인간을 창조하신 건 아닐까? 찬희는 정말 하나님을 못 믿겠다고 생각한다.

하나님이 사랑하는 인간들에게 자유의지를 선물했다 하더라도 수많은 사람들이 암에 걸리는 것은 인간의 자유의지와는 아무런 관계가 없지 않는가? 사람들이 암게 걸려서 고통을 겪어야만 하는 것은 오히려 하나님의 의지이고 심술일 것 같다.

찬희의 아픈 마음을 이해하는 란희는 암으로 인한 육신의 고통보다는 가슴으로 전해지는 찬희의 고통이 더 크게 느껴진다. 그래서 더욱 찬희를 설득해서 하나님에게로 돌아오도록 노력한다. 란희는 찬희가 란희의 고통 때문에 하나님을 더 멀리한다고 생각한다.

어릴 때, 아주 오래전에, 철없이 까불면서 놀던 시절에, 크리스마스 새벽이 되면 대문 앞에 틀림없이 선물이 놓여 있었다. 찬희는 그 선물이 산타 할배가 주시는 선물이라고 믿고 있었다. 어린 찬희는 산타 할배를 보내 주신 하나님에게 감사 기도를 드리고는 했다.

어린 마음의 찬희는 하나님의 무한한 힘을 믿었다. 기도를 하면 하나님은 모든 것을 다 들어주신다고 믿었다. 그 믿음이 깨진 것은 조숙했던 란희 덕분이었다.

란희는 크리스마스 날 새벽에 청년 교인들이 산타 복장을 하고서 교회에 다니는 어린이들 집을 방문하여 대문 앞에 선물을 두고 가는 모습들을 봤다고 했다.

찬희는 산타 할배가 없다는 사실을 알게 된 이후로 하나님의 존재를 의심하기 시작한다.

두 여자

신들의 공놀이

란희는 진심으로 하나님의 은총에 감사하고 있다. 암투병 생활의 고통
조차도 감사하고 있다. 더 많이 아플 것을 이 정도로 고통을 줄여 주셨기
때문에 감사한다. 찬희는 도저히 이해할 수 없는 란희의 종교관이고 하나
님이다.

찬희는 베르나르베르베르가 쓴 장편소설 《신》을 생각한다. 수많은 신
들이 있다. 모든 사람들은 죽어서 신이 된다. 신들 중에도 서열이 있다.
당연하게도 힘이 있는 신들이 많은 권한을 행사할 수 있다.

시간이 많아 심심하지만 힘이 있는 신들은 커다란 공같이 생긴 것들을
만든다. 어떤 신들은 마치 지구와 유사한 커다란 공들을 창조한다. 힘이
있는 신들은 공 속에서 생명체가 살아 움직이고 발전하는 모습을 즐긴다.
신들은 공놀이를 좋아한다.

끝없이 넓은 우주 공간의 여기 여기에 지구같이 생긴 공같이 생긴 것들
을 하나씩 던져 놓고서는 생각날 때 마다 혹은 심심할 때마다 한 번씩 눈
을 크게 뜨고 살펴본다. 그러다가 공 속의 피조물들이 창조주인 그들 신
들이 원하는 대로 성장하지 않으면 그들의 신이 되어서 원하는 대로 간섭
하기도 한다.

공 속의 인간들이나 피조물들이 자연재해를 만나면 두려움으로 하늘을
쳐다보면서 그들의 신들인 창조주들에게 죽기 살기로 기도하지만 신들은
인간들의 세밀한 사정을 알 수 없다.

권한이 많은 신들은 지구본 같은 공 속에 수많은 종족의 인간들과 동물

들을 만들어 놓고서 성장하고 발전해 가는 과정을 수천 년 이상의 긴 시간 동안 관찰한다. 신들의 시간으로는 몇 분 정도의 아주 짧은 시간만 흐른다. 신들은 잠시 동안의 공놀이를 한 다음에는 공을 창고에 보관한다. 그러다가 또 심심해지면 공을 꺼내다가 얼마나 발전하고 성장했는지를 살펴보고 즐거워한다.

다른 신들은 다른 모습의 공들을 창조한다. 신들은 자신이 창조한 공 속의 인간들에게 무의식 속에서 계시를 보내기도 한다. 공과 다른 공들 사이에는 아무런 연계가 없다.

신들은 인간들이 길구하는 소원을 어쩌다가 한 번씩 눈치채고 들어주기도 하지만 수백 년 혹은 수천 년에 한 번 정도 있을까 말까 한 정도일 뿐이다. 신들은 자신들이 창조한 공들의 성장을 비교하고 서로 경쟁하기도 한다.

지구같이 생긴 공 속의 인간들 역시 재수가 엄청 좋을 경우에만 수천 년에 한 번씩 정도 신들의 응답을 들을 수 있다. 그것도 직접적인 응답이 아닌 홍수, 가뭄, 해일 등의 자연현상을 통하여 계시하고 선지자인 예언가를 통하여 인간들에게 신들의 뜻이 전해지기도 한다. 비슷한 사례가 노아의 방주와 같은 경우이다.

초등학교에서 자연과학 시간에 개미집을 지어서 시간 있을 때마다 관찰하던 모습을 확장해서 생각해 보면 비슷하지 않을까? 초등학교 학생이 유리병 속의 개미집을 창조했지만 어린 학생은 개미들의 고통을 전혀 이해하지 못한다.

오히려 개미들의 고통을 관찰하면서 즐기기만 한다. 학생들이 개미들을 괴롭히면 괴롭힐수록 오히려 선생님은 자연 공부를 열심히 한다고 학생들을 칭찬한다. 개미의 입장에서 보면 학생들은 절대적인 힘을 가진 창조주인 신이 될 수밖에 없다.

찬희는 란희를 안타까워한다. 찬희는 란희가 하나님의 심술궂은 장난에 희생되고 있지는 않는지 의심한다.

'란아. 너네 하나님은 너를 창조하신 게 확실하겠지만 지금은 너무 바쁘셔서 너의 고통을 알 수 없을 거야. 너네 하나님의 은총을 너무 감사하게 생각할 필요는 없을 것 같아.'

찬희는 이런 생각을 란희에게 하나님을 비난하는 말을 직접적으로 할 수 없다. 찬희의 이런 생각이 란희를 더욱 괴롭게 할 것이기 때문이다.

가슴이 너무 많이 아프다

란희는 최근에 하나님에게 감사 기도를 많이 한다. 이 세상에서 살아갈 수 있는 힘이 될 수 있도록 사랑스러운 아들을 있게 주어서 감사하고, 세상을 하직할 때 전송해 줄 수 있는 사랑 하는 남편이 옆에 있도록 허락해 주서서 감사하고, 어릴 때부터 잊지 못하던 남자친구와 대화할 수 있도록 연결해 주어서 감사하다는 생각이다. 란희에게는 감사할 일이 너무 많다.

란희는 암발병 때문에 어려움과 고통을 견디기는 힘들지만 사랑하는 많은 사람들의 위로를 받을 수 있게 해 주신 하나님의 은총을 감사하게 생각한다. 모든 교인들 앞에서 하나님의 은총을 간증한다. 오래전에 목숨을 거두었어야 마땅함에도 란희에게 사랑하는 사람들과 충분한 시간을 가질 수 있도록 허락해 주셨음에 감사한다.

란희를 치료하는 병원의 의사는 가족들에게 최후의 통첩을 간접적으로 표시한다. 란희는 생의 마지막이 가까워 옴에 따라서 세상과 이별할 준비를 한다. 의사의 말을 전해 들은 란희와 란희의 가족들은 가족회의를 통해서 란희에게 마지막 치료를 하도록 의견을 모은다. 란희는 담담하게 받아들인다.

란희는 문자를 한 자 한 자를 힘들게도 또박또박 천천히 써내려 간 긴 문장을 찬희에게 카톡으로 보낸다.

"희원아. 너의 마지막 도움이 필요한 것 같아. 도와주면 좋겠어. 병원에서는 약물치료만으로는 더 이상 효과가 없다고 해. 이제는 수술을 하고 항암 치료와 방사선 치료를 계속할지의 여부를 선택하라고 해. 수술을 하지 않으면 고통이 조금 덜한 상태로 3개월 이내에 어느 정도 편안하게 생을 마감할 수 있고, 수술을 하게 되면 6개월 이상의 생존 가능성이 열려 있지만 항암 치료를 하는 동안에 고통이 아주 많을 것이라고 해. 어떻게 결정하면 좋을까?"

수술을 한다는 의미는 혀를 잘라낸다는 의미일 것이다. 찬희는 란희에게 안타깝지만 아픈 마음으로 카톡을 보낸다.

"희투야. 난 너의 고통을 원하지 않아. 네가 당하는 고통을 상상조차 하기 싫어. 내가 대신해 줄 수 없는 고통을 참고 견디라고만 할 수는 없잖아. 난 희투 네게 해 줄 수 있는 말이 없어. 정말 미안해."

"희원아. 내 생각에는 수술을 하고 싶지 않은데 남편이랑 아들은 치료를 받아야 한다고 울고불고 난리야. 희원이 네 생각은 어떨지 궁금해. 네가 내 고통을 끝낼 수 있도록 진심으로 도와주면 좋겠어. 그래야 내 마음이 편해질 것 같아."

"나도 너의 생각과 같아. 몇 개월 더 살겠다고 지옥 같은 고통의 시간을 가져야 하는 것은 아닌 것 같아."

"그렇지? 네 생각도 나랑 같은 거 맞지?"

"생각은 너랑 같아. 하지만 네 생각에 동의해 줄 수는 없어. 단 하루가 되더라도 가족들과 친구들이 있는 이 세상에서 더 살아야 하는 게 맞지 않을까?"

"희원아. 괜찮아. 이런 말을 할 수 있는 사람은 이제 너밖에 없는 걸 어떻게 하겠니?"

"희투야. 동의할 수는 없지만 난 네 생각과 같아. 이런 말을 해야만 하는 나는 가슴이 너무 많이 아프다."

"희원아. 고마워. 정말 고마워. 많이 보고 싶다."

"희투야. 나도 네가 많이 보고 싶어."

"이제부터는 카톡할 힘도 없을 것 같아. 소식이 없더라도 넌 행복하게 잘 살아야 돼요."

"그래도 포기하지 말고 좋은 일들만 생각해 봐."

"응."

찬희는 가슴이 너무 많이 아프다. 숨을 쉴 수 없다. 아무런 행동을 할 수 없는 자신의 처지가 너무 안타깝다. 란희와는 20대 중반에 헤어진 이후 60대 중반까지 한 번도 만나지 못했다. 찬희의 기억 속에서 란희의 얼굴이 아물거린다. 란희의 생에서는 더 이상 카톡을 할 수 없음을 알고 있다.

마지막 남긴 말

코로나로 온 세상이 뒤집어지고 있다. 코로나가 온 세상을 삼키고 있다. 무서운 팬데믹이다. 중국에서 발생한 코로나는 중국과 한국을 지나서 미국을 강타한다. 길거리에 쌓여 있는 죽은 사람들이 뉴스를 장식한다. 길거리에서 죽은 사람들을 쉽게 만날 수 있다. 살아 있는 사람들은 죽은 사람들을 가족이라고 하더라도 만날 수 없다. 공무원들은 죽은 사람들을 화장 처리한다. 화장조차도 너무 밀려서 냉장차에 아무렇게나 실려 있는 채로 순번을 기다려야 한다.

찬희는 란희의 문자를 받지 못한다. 찬희는 좋지 않은 소식이 있을까 봐 불안해서 란희의 소식을 일부러 알아보지 않는다. 아니지. 알아볼 수조차 없다.

찬희와 란희의 사이는 여사친 관계이긴 하지만 가족들이나 지인들 사이에서도 아무도 모르는 둘만의 관계이다. 숨길 사연이 없음에도 어쩌다 보니 세상이 모르는 둘만의 비밀이 만들어졌다.

기나 긴 세월 동안 얼굴을 한번 보지 못했지만 잊을 수 없는 마음속의 여사친이다.

란희와의 소식이 단절된 지 1년쯤 지난 후에 찬희는 란희의 절친인 인혜에게 연락을 한다. 란희에 관련해서 아무런 소식을 듣지 못한 상태로 더 이상 참고 견디기가 너무 힘들고 어렵다.

 인혜의 말에 의하면 란희는 가족들의 간청을 거절하지 못하고 결국 수술을 했다고 한다. 수술 후 항암 치료 과정에서 너무나 힘든 고통으로 고생을 많이 했다고 한다. 가족들의 슬픔을 뒤로한 채 고통 속에서 생을 마감했다고 한다.

 불길한 예상은 역시 잘 맞는다. 란희는 수술을 한 후에 몇 달을 넘기지 못하고 그녀의 하나님에게로 돌아갔다. 의사가 예측했던 6개월 이상의 생존기간조차 지키지 못하고 고통 속에서 고생만 더 많이 하고 이 세상의 모든 사람들과 이별했다.

 남아 있던 가족들과 교인들 그리고 지인들과의 안타까운 송별조차도 제대로 가지지 못한 채 장례식을 간단하게 치렀다고 한다. 코로나로 인하여 인간적인 대우를 받지 못한 채 떠난 수많은 사람들과 함께 란희는 이 세상을 쓸쓸하게 떠났다.

 란희가 마지막으로 했다는 말이 찬희에게 전해졌다. 란희의 마지막 말이 엄청난 충격으로 다가온다. 란희는 남편과 아들, 여동생들의 가족들이 있는 가운데 가족들에 대한 유언을 말하고 난 다음에 마지막 남기는 말로서 조개로 만든 'LOVE 액자'와 '하트 금목걸이' 한 쌍을 자기 무덤에 같이 넣어 달라고 했다고 한다.

 란희의 가족들 중에는 'LOVE 액자'와 '하트 금목걸이'의 숨어 있는 의미를 아무도 모른다. 란희의 가족들은 그 두 가지의 장식과 액세서리를 한국에 있는 어릴 때의 친구들이 헤어지면서 건네준 선물이라고만 알고 있을 것이다.

란희에게 남아 있는 찬희의 흔적이라고는 'LOVE 액자'와 '하트 금목걸이'밖에 없다. 란희는 찬희와의 흔적을 세상에 하나도 남겨 두지 않은 채 가슴에 품고서 모든 사람들로부터 영원히 떠났다.

란희의 유일한 절친인 인혜마저도 그 뜻을 제대로 이해할 수 없었겠지만 란희의 유언을 전해 듣는 순간 찬희는 온몸의 솜털들이 모두 곤두서는 듯한 전율을 느끼면서 온몸을 부르르 떤다. 란희는 고통으로 죽음을 맞이하는 순간조차도 찬희를 생각하고 있었다. 란희는 가족들의 품에 안겨서 찬희를 생각하면서 세상을 떠났다. 찬희는 고개를 떨군다.

찬희는 란희가 떠나고 나서는 한동안 마음을 추스르지 못한다. 란희가 살아 있든 이 세상을 떠났든 간에 찬희의 주변에는 변한 게 전혀 없다. 변한 것은 아무것도 없는데 왜 마음이 혼란스러울까? 변한 것은 카톡 대화를 할 수 없다는 것뿐인데 왜 이리도 안타까울까? 찬희는 란희를 마음속에서 불러 본다.

"란아. 넌 지금 어디에 있니? 너네 하나님이 계신 곳에 있다면 나를 볼 수는 있니? 너도 신이 되었니? 베르나르베르베르의 신들처럼 너는 나를 볼 수 있니? 나는 너를 볼 수 없지만 너라도 나를 볼 수 있으면 좋겠다."

두 여자

빛과 영혼의 무게

찬희는 혹시 영혼이 있을까 생각한다. 하나님이 계신다면 반드시 영혼들도 존재할 것이다. 다른 영혼들이 존재한다면 내 영혼도 존재할 수 있을 것이다. 영혼이 존재한다면 마음도 존재할 수 있을 것이다.

영혼과 마음이 존재하는 것은 명백하지만 아직은 과학적으로 존재하고 있음을 증명할 수 없을 뿐일지도 모른다. 살아 있는 모든 사람들의 마음은 존재한다. 마음과 영혼이 존재한다면 영혼과 영혼 혹은 영혼과 마음의 소통 역시 가능할 것이다.

찬희는 생각한다. 란희의 영혼과 소통할 수 있는 통로를 만들 수는 없을까? 죽은 사람의 영혼과 살아 있는 사람의 마음을 연결할 수 있는 '영혼의 카톡'은 개발할 수 없을까? 상상할 수 있는 것은 모두 실현될 수 있다고 하지 않는가? 과거에 상상했던 미래의 모습이 현재에 실현되고 있는 모습들을 많이 볼 수 있지 않은가?

과학의 발전은 인류가 존재하는 한 한계가 없다. 과학이 신의 영역까지 발전하게 될 먼 미래에는 혹시 영혼과 마음의 교류가 가능할지도 모를 일이다. 혹시 이미 과학의 영역이 신의 영역까지 한 발자국 들어섰을지도 모를 일이다.

빛에도 무게가 있다고 한다. 빛은 파동이지만 동시에 알갱이 하나의 단위로 분리할 수 있다고 한다. 빛 알갱이 하나의 무게는 7.34 × 10 × (-48승) 그램이라고 한다. 도대체 어떤 방법으로 계산했는지, 얼마나 작은 무게인지 상상조차 할 수 없지만 하여튼 빛 알갱이 하나에도 무게가 있다는 사실은 분명하다. 무게가 있다는 사실은 물리적으로 존재한다는 의미이다. 반대로 존재한다는 것은 무게가 있다는 의미이다.

빛이 존재하는 것은 누구나 알고 있는 사실이다. 무게가 있다는 것은 형태가 있음을 의미한다. 영혼은 존재할까? 마음은 존재할까? 영혼과 마음이 존재한다면 모양이나 형태가 있을까? 있다면 어떤 형태일까? 기체 형태일까? 아니면 인류가 아직도 발견하지 못한 이해할 수 없는 물리적인 형태일까?

생각과 마음은 존재하는가? 눈에 보이지는 않지만 존재하고 있음을 모르는 사람은 없다. 생각과 마음이 영혼으로 바뀔 수는 있을 것인가? 대답은 아무도 모른다. 아직까지는 종교의 영역으로 돌릴 수밖에 없다.

먼 미래의 언제인가는 생각, 마음, 영혼들이 모두 동일한 방법으로 존재하고 있음이 증명될 수 있지는 않을까? 빛의 알갱이를 하나씩 나눌 수 있듯이 생각과 마음 역시 알갱이로 나누어서 무게를 측정할 수 있게 되지는 않을까? 아직은 불가능하겠지만 언젠가는 가능하지 않을까?

영혼의 존재

빛은 실제로 존재하며 무게가 있다. 증명되고 있다. 영혼 역시 존재하고 있음이 증명될 수 있지 않을까? 영혼이 존재할 수 있다면 영혼을 보관하는 것도 가능하게 될지도 모른다. 과학의 발전이 지속되다 보면 영혼의 물리적 존재를 증명할 수 있게 될지도 모른다. 그렇게 된다면 마치 소리를 녹음하거나 동영상을 녹화하듯이 내 생각과 영혼을 복사하거나 저장할 수 있게 될지도 모를 일이다.

육신은 죽어서 없어지겠지만 영혼은 영원히 죽지 않는 길이 열릴 수가 있을지도 모른다. 영혼을 복사하거나 저장할 수 있는 "영혼재생" 장치가 가능할지도 모른다. 영화에서는 이미 즐겨 사용하고 있는 소재이다. 현재까지 알 수 없고 과학적인 증명이 불가능하다고 해서 미래에도 불가능하다는 말은 성립되지 않는다.

영혼의 존재는 최근 유행하고 있는 몸을 바꾸어서 다시 살아나는 '회귀소설'들의 논리적 기초가 될 수 있을 것이다. 내 생각과 영혼을 다른 사람의 뇌 속에 저장하거나 시간을 되돌려서 과거의 내 머릿속으로 이동할 수 있을지도 모른다. 흔히 하는 말로 '귀신 씻나락 까먹는 소리'이다. 말도 되지 않는다는 의미이다.

최근에 인기가 많았던 드라마 〈재벌집 막내아들〉의 원작인 소설의 과학적 근거가 마련될 수 있을지도 모를 일이다. 〈재벌집 막내아들〉의 내용을 보면, 주인공인 재벌 기업의 회사원이 회장에게 죽임을 당한다. 회사의 비밀을 너무 많이 알고 있기 때문이다.

주인공이 죽는 순간에 주인공의 영혼은 자신을 죽인 회장의 막내아들의 30년 전 어릴 적 뇌 속으로 회귀한다. 30년 전으로 돌아간 주인공의 뇌는 30년 이후까지의 미래를 알고 있다.

미래를 알고 있는 주인공이 재벌의 기업들을 장악하는 스토리이다. 인기 있는 소설을 드라마로 만든 경우이다, 과거의 다른 사람의 몸으로 회귀한 소설의 사례이다. 최근의 인기 있는 많은 소설들이 회귀소설을 활용하고 있으며 이를 다시 드라마 혹은 영화로 활용하는 경우가 확산되고 있다.

베르나르베르베르의 역작인 《신》이라는 소설 역시 살아 있는 사람이 죽음 이후의 세계를 왕복하면서 인간들과 신들의 관계를 장편소설로 설명해 보이려고 시도한다. 영혼의 존재를 인정해야만 설명이 가능한 소설이다.

비과학적인 신들의 세계를 꽤나 과학적인 관점에서 접근한 소설이다. 소설이 발표될 당시에 전 세계적으로 베스트셀러가 되기도 한 책이다. 흥미진진하게 읽었던 기억이다. 오랜 시간이 지났지만 신들의 장난들이 지금도 충격적이며 기억에 생생히다.

삶과 영혼의 경계는 어디일까? 분명히 경계가 있지만 인간은 그 경계를 구분할 수 없다. 만약 삶과 영혼의 경계를 구분할 수 있다면 혹은 미래에서라도 있게 된다면 그 경계의 시간을 아주 조금이라도 늘어나게 할 수 있지는 않을까? 그리고 그 경계를 점점 많이 늘어나게 할 수는 없을까? 그 늘어난 경계에서 영혼의 회귀 혹은 영혼의 이동이 가능하게 되지는 않을까?

영혼의 세계를 아직까지는 과학으로 설명할 수는 없다. 그러나 먼 미래 언젠가는 영혼의 존재를 물리적으로 증명할 수 있게 된다면 란희의 영혼을 느낄 수 있게 될는지도 모를 일이다.

찬희는 흔히들 말하는 '공대 출신'이다. 찬희는 누구보다도 논리적이고 과학적인 사고에 익숙하게 살아왔다. 최근의 찬희는 문과 출신보다 더 비

두 여자

과학적으로 접근할 수밖에 없는 어려운 '영혼은 존재할 수 있는가?'라는 과제를 두고 머리를 싸매고 있다. 과학으로 풀 수 없는 문제를 과학적으로 이해해 보려고 노력하니 머릿속만 더 복잡하게 헝클어진다.

절친을 따라

란희가 떠났던 같은 해 연말 어느 날에 찬희는 란희의 친구인 인혜의 전화번호로 카톡을 받는다.

아저씨.
안녕하세요.

저는 인혜 엄마의 딸 정수라고 합니다.
엄마 소식을 전해 드려야 할지를 판단하기 어려웠지만 많은 생각 끝에 아저씨에게는 알려드려야 할 것 같아서 이렇게 인사드립니다. 저의 엄마에게서 아저씨에 대한 얘기를 참 많이 들었어요. 아저씨가 좋은 친구라고 평소에 자랑을 많이 하셨거든요.

저의 엄마는 한 달 전에 돌아가셨어요. 오래전부터 혈액암을 앓고 계셨거든요. 매주 한 번씩 속초 병원에 가서 온몸의 피를 갈아 주는 치료를 받았어요. 10년이 넘는 동안 국가의 도움을 많이 받았습니다. 돈이 아주 많이 드는 치료인데도 치료비 전액을 국가에서 대신 부담해 줬어요. 국가에게 감사한 마음입니다.

저의 엄마가 돌아가셨을 때 바로 연락드리지 못하고 늦게 알려 드림을 죄송하게 생각합니다. 아저씨에게 부담을 드리지는 않을까 걱정이 되어서 바로 알려 드리지 못했습니다. 며칠 전에 엄마의 스마트폰을 정리하다가 아저씨에게 엄마의 소식을 전해 드려야겠다고 마음먹게 되었습니다. 엄마 소식을 늦게 알려 드리게 되어서 한번 더 죄송한 말씀을 드립니다.

마지막으로 한 번 더 감사하다는 말씀을 드립니다. 엄마가 살아 계실 동안 엄마의 친구가 되어 주셔서 많이 감사합니다.

아저씨는 건강하시죠?
오래오래 건강하시길 기도하겠습니다.
안녕히 계세요.

20××년 ××월 ××일
인혜 엄마의 딸 정수 드림.

　란희를 보낸 지 1년도 지나지 않았는데 란희의 유일한 절친까지 떠났다고 한다. 인혜 역시 란희와 마찬가지로 독실한 기독교인이다. 인혜도 그녀의 하나님에게로 돌아갔을 것이다.
　하나님의 품에서 란희와 인혜는 서로 만나서 반갑다고 좋아할까? 아니면 너무 빨리 만났다고 싫어할까?
　인혜조차도 찬희와 란희의 멀지만 가까운 사이를 완전하게 이해하지는 못했지만, 그나마도 두 사람을 가장 잘 이해하고 있었던 친구였다. 찬희의 가까운 곳에는 란희의 그림자들은 흔적도 없이 모두 없어졌다. 목소리를 들을 수 없고 카톡으로 안부를 물어볼 수도 없다. 친구를 통해서 안부를 물어볼 수도 없다.

무섭게 증가하는 암환자

인혜도 암이었다고 한다. 찬희는 주위의 지인들을 생각해 본다. 친인척들과 지인들 중에서 암으로 고생하거나 생을 마친 사람들이 생각보다 많다는 사실을 알고서 놀란다.

찬희가 젊은 시절에 친구의 부친 회갑잔치가 있었다. 친구들이 우르르 몰려가서 함께 축하해 드리고 잔치를 도왔던 기억이 있다. 회갑이면 오래 장수했다는 의미이다. 그러나 요즘은 회갑 정도로는 노인정에서조차 젊은이라고 받아 주지도 않는다.

50년 전의 한국인 평균 수명은 60세를 밑돌았지만 현재는 83세 이상으로 평균 수명이 늘어났다. 평균 수명이 늘어남과 동시에 암환자 역시 수명과 비례해서 급격하게 증가하고 있다.

국내의 암환자 수는 연간 150만 명을 넘긴 지 오래다. 곧 200만 명이 돌파될 것이라고 한다. 평균 수명이 짧았을 때인 과거에는 암이 발병하기도 전에 죽음에 이르렀을 경우가 많았기 때문에 암환자 숫자가 상대적으로 적지는 않았을까?

뒤집어서 말해 보면 요즘은 평균 수명이 83세를 넘고 있으니까 암환자

수도 그만큼 증가할 수밖에 없을 것이다. 더군다나 기름진 식생활이나 자연환경의 악화가 암환자의 증가를 부추기고 있다고 한다.

심근경색이나 뇌출혈과 같이 예고 없이 찾아와서 아주 갑자기 삶을 끝내는 방법은 삶을 마감하는 사람의 입장에서는 매우 편안한 방법일 수 있지만 살아 있는 가족들에게는 심한 고통이 될 수 있다. 유언 한마디 들을 수 없는 상태에서 갑자기 이별을 맞이해야 하기 때문이다.

암의 경우에는 살아 있는 동안의 고통과 두려움의 시간을 감당해야 하지만 다른 한편으로는 다행스럽게도(?) 남아 있는 가족들이나 지인들에게 유언이라는 이름으로 이별을 정리할 수 있는 시간을 가질 수 있다.

찬희는 삶이 끝나는 순간을 상상한다. 심근경색이나 혹은 뇌출혈 등의 갑작스러운 발병이나 또는 사고로 인한 삶의 마감 방법이 오히려 인간적이고 편할 것이다. 두려움이나 고통을 느낄 틈도 없이 떠날 수 있는 방법은 축복받은 자 들에게만 허용될 수 있을 것이다.

암이 발병할 확률은 멀리 있는 게 아니다. 주먹구구식으로 계산해 본다. 최근 5년 동안 국내의 암환자 평균 증가율을 보면 5% 가까이 된다고 한다. 앞으로 20년 후를 생각해 본다. 어려운 수학문제가 아니다. 20년 후에는 100%인 두 배로 증가할 것으로 예상된다.

20년 후에는 연간 400만 명 정도의 암환자가 가능할 수도 있다. 주위에 함께 숨 쉬고 있는 사람들 중에서 10명 중에 한 명 정도가 암환자가 될지도 모른다.

두 여자

암이 실제로 많이 발생하고 있는 연령대인 50대 이상으로 대상을 한정
해서 생각해 보면 20년 후에는 4~5명 중 한 명 정도가 암환자일 가능성이
매우 높을 것이다. 상상하기조차 싫은 암환자들의 세상이 될 것 같다.

영혼 물리학

현재의 과학 수준으로는 증명할 수 없지만 양자물리학이 극도로 발전
되는 미래의 언젠가에는 마음과 영혼의 존재를 새로운 물리학으로 증명
할 수 있을지도 모른다. 양자물리학을 심화시키고 발전시키다 보면 '영혼
물리학'이란 새로운 물리학의 개념도 증명될 수 있지 않을까?

양자물리학에서는 '양자끈 이론'과 '불확정성 원리'라는 이론이 있다. 많
은 과학자들이 양자이론에 관련하여 노벨물리학상을 받은 분야이니 확실
하게 믿을 수 있다.

양자물리학의 '양자끈 이론'을 설명하는 한 가지의 방법이 있다. 도저히
이해할 수 없지만 무조건 이해해야만 하는 예이기도 하다.

500원짜리 동전이 있다. 한 쪽에는 거북선이 표시되어 있고 다른 쪽에
는 500원이 표시되어 있다. 한쪽에서 500원이 결정되면 다른 쪽의 결과는
반드시 거북선이 나타난다.

동전의 두께를 무한대로 상상으로 키워서 생각한다. 거북선 쪽은 지구
에 있고 500원 쪽은 수백억 광년보다 더 멀리 떨어져 있는 우주의 반대편
에 있다고 가정한다. 지구에서 던진 동전의 한쪽에서 거북선이 나올 경우
에는 시간의 지연이 없이 즉시 우주 반대편에 있는 동전에 나타나는 결과

는 500원이다. 그 거리가 아무리 멀더라도 관계없다.

빛의 속도로 달리더라도 수백억 광년이 걸리는 거리를 완전 무시하고 한쪽에서 거북선이 나타남과 동시에 다른 쪽은 500원으로 변한다. 반대의 경우도 동일하다.

동전의 양면에서 본 이론은 원인과 결과는 당연하게도 수학적으로 증명이 된다. 동전 양면의 사이에 우주가 있다고 가정하더라도 원인과 결과는 동일하다. 중간과정을 현대 과학으로 증명할 수 없음에도 불구하고 노벨 물리학상을 받은 분야이다. '양자끈 이론'과 '불확정성의 원리'라고 한다. 쉽게 말해서 아무것도 모른다는 얘기이다. 재미있는 이론인지 판단이 되지 않지만 모른다는 이론으로도 노벨상을 받을 수 있다니 뭔지 모르지만 감탄스러운 이론이다.

수백억 광년의 거리에서 전달되는 거북선과 500원 사이의 과정은 아무도 모른다. 모른다기보다는 미래에 증명할 수 있는 미지의 분야일 것이다.

지구와 우주 반대편 사이에서 존재할 수 있는 물리적 현상으로는 전기장, 중력장, 양자장 등이 있지만 '양자끈 이론'을 설명할 수 있는 물질은 아직 알 수 없다. 양자물리학에서 중간과정은 아무도 모른다. 인간이 인식할 수 없는 공간이 있을지도 모를 일이다. 아직까지는 신의 영역이다. 원인과 결과만을 증명할 수 있을 뿐이다.

양자물리학에 관련한 세계적인 과학자들은 말한다. '양자운동의 중간과정에 대해서 이해하거나 납득하려 하지 말고 그냥 믿고 결과를 받아들여라.' 아인슈타인조차도 중간 과정을 설명할 수 없는 '양자끈 이론'을 세상을 떠날 때까지 인정하지 않았다고 한다. 하물며 보통 사람들이 어떻게

두 여자

이해할 수 있겠는가. 먼 미래의 언제인가는 양자의 끈 중간에서 변화하는 과정을 과학적으로 증명될 수 있는 날이 올 것이다. 그러나 지금의 세상에서는 그냥 믿을 수밖에 없다.

나 원 참! 어릴 때 교회의 목사님에게서 많이 들어 봤던 소리다. '하나님의 살아 계심을 이해하거나 의심하지 말고 무조건 믿고 따라야 한다.'는 목사님의 말이 생각난다. 목사님의 비과학적이라고 했던 말을 이제 와서 세계적인 최고의 과학자들로부터 또 들어야 하다니 도대체 말이 되는가?

신의 영역

양자물리학자들이 이해가 불가능한 신의 영역 끝자락을 살짝 들춰낸 것 같다.

이해할 수조차 없는 양자물리학은 지속적으로 발전하게 될 것이다. 양자물리학을 응용한 양자 컴퓨터가 발전하게 된다면 뇌의 기능을 실현할 수 있는 엄청나게 강력한 컴퓨터를 개발할 수 있지 않을까? 그렇게 된다면 영혼을 저장할 수도 있지 않을까? 찬희는 영혼을 담을 수 있는 컴퓨터를 '뇌 컴퓨터' 혹은 '영혼 컴퓨터'라고 이름을 생각해 본다.

한국을 포함한 전 세계의 수많은 과학자들과 대학교수들이 양자 컴퓨터를 개발하고 있다. 불과 수십 년 전만 하더라도 상상하기 어려웠던 과학의 발전이다. 이러한 과학의 발전 속도라면 '영혼 컴퓨터'가 개발하는 것이 가능할 수도 있지 않을까?

한국의 양자 컴퓨터 개발 실력은 선진국 과학자들보다 뒤떨어지지 않는다고 한다. 특히 과학기술원이나 흔히 말하는 스카이 대학교 교수들도 적극적으로 참여하고 있다고 한다.

미국의 경우에는 대학교에서 양자 컴퓨터를 개발하기보다는 구글에서 세계 최고 수준의 양자 컴퓨터 개발을 선도하고 있다. 한국의 양자 컴퓨터 개발 수준은 구글에 비하면 다소 뒤처지기는 하지만 그 외의 국가들과는 별 차이 없이 경쟁하고 있다고 하니 미래의 과학 기술을 한국의 과학자들이 선도할 수 있을 것 같기도 하다.

양자 컴퓨터의 발전에 대한 우려도 있다고 한다. AI의 발전과 더불어 양자 컴퓨터가 지속적으로 발전하게 되면 국가 간의 보안이 붕괴될 수 있고, 컴퓨터가 세상을 지배할 수 있는 암울한 미래가 다가올지도 모른다. 이미 많은 사람들이 인류가 멸망하는 미래를 예견하고 있다.

미국에서는 미래의 안전을 위해서 양자 컴퓨터와 AI의 개발에 관련하여 어느 정도의 규제를 법률로 만들려고 하고 있다. 그러나 중국이나 러시아 같은 경우에는 오히려 미래의 무기로 활용하기 위해서 개발에 더욱 박차를 가하고 있다고 한다.

어쨌든 과학은 눈부시게 발전한다. 아주 먼 훗날 언젠가는 죽은 사람의 영혼을 저장할 수 있는 '영혼 컴퓨터'의 기술이 개발될 수 있다면 죽은 사람과도 살아 있는 사람처럼 대화할 수 있는 날이 올 수 있지는 않을는지 찬희는 가당찮은 기대를 해 본다.

〈영혼과 사랑〉이라는 영화처럼 다른 사람의 몸을 빌려서 대화를 할 수도 있지 않을까? '영혼 컴퓨터'가 개발될 수 있는 '영혼 물리학'의 시대가

올 수 있지 않을까? 찬희는 얼굴 없는 란희와의 대화가 가능하지 않을까를 상상한다.

영혼 물리학이 언젠가의 먼 미래에 일반화되는 시대가 온다면 찬희는 하나님과도 대화할 수 있을 것이라고 상상한다. 그럴 기회가 온다면 하나님에게 물어볼 말이 있다.

'하나님. 당신은 사람을 만들어 놓고서 재미있었습니까? 어린 학생들이 개미집을 만들어서 관찰하는 재미를 즐기듯이 하나님도 하찮은 인간을 장난감 만들듯이 만들어 놓고서는 학생들과 같은 재미를 즐겼습니까?'

찬희는 답을 알고 있다. 어린 학생들이 개미집에 싫증이 나게 되면 방치하거나 쓰레기통에 갖다 버리듯이 하나님도 인간에게 싫증이 나면 방치하거나 오히려 폐기처분할 것이다.

찬희는 하나님에게 건의할 것이다. '다시는 인간과 유사한 피조물을 창조하지 마시라.' 찬희의 입가에 씁쓸한 미소가 만들어진다. 뜬구름 같은 생각이지만 상상은 자유다.

후회

란회와 란회의 친구 인혜가 하늘로 돌아가고 난 뒤에도 시간은 변함없이 흘러간다. 찬희의 기억 속에서도 란회의 생각이 점차 흐려진다. 인간은 망각이라는 좋은 기능을 가지고 있다.

감당하기 어려운 커다란 슬픔을 당했을 경우에도 그 슬픔을 잊지 못한다면 다른 사회생활을 계속하기가 어려울 것이다. 아무리 견디기 어려운 슬픔이라고 할지라도 시간이 지나면 저절로 잊게 된다.

찬희는 란회를 제대로 보내지 못한 아쉬움을 가지고서 후회를 한다. 란희가 세상을 떠나던 날 찬희는 애써서 모르는 척했다. 란희가 고통 속에서 떠난다는 생각을 하기 싫다는 이유로 란희의 소식을 일부러 알아보지 않았던 찬희는 자신의 행동을 후회한다.

란희가 떠나면서 찬희를 보고 싶어 했을 것이란 란희의 마음을 알고 있었으면서도 찬희는 란희의 죽음을 피하고 모르는 척했다. 찬희는 결국 자기 자신만 편해지려고 란희가 떠나는 순간을 외면하고 말았다.

찬희에게는 란희가 떠나기 전과 후의 변화는 거의 없다. 카톡을 할 수 없다는 사실만 달라졌다. 태평양 건너 멀리 있는 곳에서 란희가 떠났다. 찬희는 란희가 떠난 슬픔을 직접적으로 체험하지 않았기 때문에 란희에 대한 기억을 지우기가 쉬울지 모른다. 찬희는 마음속에서 란희의 흔적들이 사라지는 자체가 때로는 더 큰 아쉬움으로 다가온다.

찬희는 란희를 제대로 떠나보내지도 못했으면서도 흐려지는 기억이 아쉽다. 찬희는 란희와의 이별을 하지 못했다. 후회가 된다. 형식적이라고

두 여자

하더라도 이별의 순간을 함께하지 못하고 오히려 이별의 순간을 회피했음을 후회한다.

란희가 떠난 지 1년이 되는 날 찬희는 란희를 마음속에서 완전히 떠나보내기 위한 계획을 세운다. 란희는 아폽카 호수에서 가까운 에지우드 공원묘지에 안장되어 있다. 란희가 살던 집에서 아주 가까운 위치이다. 란희가 살아 있었던 수십 년 동안 얼굴을 한 번도 볼 수 없었지만 이제 마지막으로 란희의 흔적을 살펴본 다음에 마음속에서 완전히 지우려고 한다.

온 세상을 뒤집었던 코로나 팬더믹 현상이 아직 계속되고 있으므로 해외여행에 대한 제약은 많지만 미국으로의 여행은 어느 정도 가능하다.
서울에서 올랜도를 가려면 달라스를 경유하는 항공편을 이용할 수 있다. 올랜도에서 멀지 않은 곳에 란희가 잠들어 있다. 아폽카에서 란희의 흔적을 마지막으로, 눈으로, 손으로 확인하고 싶다. 찬희는 늦었지만 란희를 마지막으로 전송할 생각을 가진다.
그러나 찬희는 란희와의 작별할 수 있는 계획을 실행할 수 없게 된다. 정말 하나님은 존재하고 계실까? 베르나르베르베르의 창조된 가짜 신이라도 있으면 좋겠다.

어느 날 갑작스러운 아내 숙영과의 대화는 찬희에게 란희와 마지막으로 이별할 수 있는 기회조차 허락하지 않는다.

Story 2

아내 숙영

성적 불량

찬희는 학생 시절에 심각한 영어 알레르기가 있었다. 중학교를 입학하고 영어 알파벳을 배우고 난 다음에 고양이, 말, 닭 등과 같은 동물의 이름을 영어로 배우기 시작하던 시점에 갑자기 영어에 대한 두려움이 밀려오면서 영어시간을 멀리하기 시작했다. 이러한 찬희의 영어 포기는 고등학교를 졸업할 때까지 이어지고 그 결과는 참혹했다.

찬희가 대학교를 입학하던 시절에는 예비고사라는 제도가 있었고 찬희의 영어점수는 거의 0점에 가까웠다. 오지선다형이 아닌 사지선다형인데도 불구하고 찍기는 정답을 귀신같이 피해 나간다. 네 문제 중 한 문제는 맞아야 통계가 맞다고 할 수 있지 않은가? 찬희의 찍기 영어 점수는 항상 통계적인 예상점수를 밑돌고 있을 뿐이다.

찬희는 예비고사의 형편없이 낮은 영어점수를 가지고 대구의 명문대라는 K대학교에 지원하게 된다. 다행하게도 입학요강의 과목별 과락점수는 100점 만점에 단 1점이었고 총점만으로 성적을 결정하기 때문에 찬희는 영어점수를 포기하고 수학점수를 최대한 끌어올려서 희망하는 학과에 겨우 턱걸이로 입학할 수 있게 된다. 찬희는 정말 운도 좋고 재수도 좋다고 생각한다.

옛날부터 내려오는 말이 있다. 사람이 살아가는 동안 누구에게나 중요한 기회가 세 번은 찾아온다고 한다. 많은 사람들은 인생 중에서 매우 중요한 기회가 가깝게 왔다가 순식간에 지나갔는지조차도 모르고 살아가고 있다. 설령 기회가 오더라도 그 기회를 잡을 수 있는 능력이 준비되어 있을 경우에만 기회를 잡을 수 있다.

찬희는 대학교의 성적이 좋지 않다. 군대를 제대하고 복학한 후 열심히 공부한다고 노력은 했지만 입대하기 전의 성적이 워낙 좋지 않았기 때문에 종합 성적은 보통 이하이다. 취업하기에 상당히 부족한 성적이다. 취업을 할 수 있는 기회가 모든 졸업생들에게 다가오고 있다.

대학교를 졸업하기 직전에 S전자에서 신입사원 모집 공고가 있다. 찬희는 서류심사를 겨우 통과한다. 성적이 좋지 않았는데 운이 좋았다고 생각한다. 운이 좋았든 재수가 좋았든 간에 하여튼 서류심사를 통과했다. 찬희는 인생에 있어서 중요한 첫 번째 기회가 왔다고 확신한다. 무조건 이유 없이 합격되어야만 한다. 이번 기회를 놓치게 된다면 대기업에 취업을 한다는 것은 더 이상 불가능해질 것이란 생각이 든다.

서울에 있는 S전자 본사에서 면접이다. 면접실에는 회사의 임원으로 보이는 면접관 3명이 앉아 있다. 찬희를 포함해서 입사를 희망하는 사람들 3명이 면접관을 마주 보고 앉는다. 찬희는 지정되어 있는 세 번째 의자에 앉는다.

세 사람 중에서 마지막 면접이므로 앞에서 면접하는 과정을 컨닝(?)할 수 있다. 매우 다행이다. 운이 따른다고 생각한다. 면접관이 갑자기 우리말로 된 어떤 문장을 말하고는 영어로 대답하라고 한다. 앞의 두 사람은 모두 대답을 못 하고 우물쭈물 헤맨다.

찬희가 대학교를 졸업하던 1980년대 초반의 대학교 졸업자들은 대부분 영어 회화를 하지 못한다. 영어 회화는커녕 외국인을 눈앞에 두면 헛바닥이 콘크리트로 변했는지 꼼작도 하지 않던 시절이다. 외국인을 만나는 자체도 어렵다. 어쩌다 외국인을 길에서 마주치게 되면 슬금슬금 피한다. 혹시라도 길을 물을까 봐 두렵기 때문이다.

중학교 1학년부터 대학교를 졸업할 때까지 10년 이상의 장구한 세월 동안 배울 수 있는 영어는 문법이다. 영어성적은 매우 좋더라도 영어 회화가 불가능한 학생들이 대부분이었던 시절이다. 심지어는 영어 선생님들 중에서도 영어 회화를 할 수 있는 선생님들이 드물었던 시절이다.

영어 회화를 못 하는 것은 죄가 아니다. 영어 회화를 한 마디라도 할 수 있으면 그 학생은 특별한 학생이 될 수 있는 시대이다.

S전자 면접실에서 찬희의 순서다. 드디어 취업할 수 있는 기회가 왔다. 인생 첫 번째 직업을 구할 수 있는 기회이다. 대학교 성적이 좋지 않았기 때문에 소문난 유명한 직장에는 취업할 자신이 별로 없었던 찬희에게 인생의 첫 번째 직업의 기회가 눈앞에 와 있음을 직감한다.

첫 번째 직업 만들기

대학교에서의 영어성적은 매우 중요하다. 특히 대학교를 졸업하기 전에 기업 등의 직장에서 시행하는 입사시험에서 취업 여부를 결정하게 될 정도로 영어의 가중치는 매우 높았다. 기업에 따라서 영어 회화 시험만 보는 기업들이 나타나기 시작한다.

찬희는 군대를 제대한 다음에 영어를 열심히 공부한다. 밤을 새우고 코피가 터지도록 열심히 공부한다. 중·고등학교 그리고 대학교 2학년 때까지 방치했었던 영어를 공부하기 위해서 1년 반 정도를 혼신의 힘을 다해서 공부한다.

　그러나 이게 말이 되는가? 영어 공부가 하루아침에 뚝딱 되는 공부인가? 영어 성적을 올릴 수 있는 방법이 없다. 흔히들 '영어에는 왕도가 없다.'라는 말이 있지 않은가?

　찬희는 취업이 난망하다. 취업할 수 있는 방법을 찾는다. 영어문법 공부로는 승부를 보기 어렵다. 그래서 방향을 영어 회화로 바꾼다. 찬희는 영어 회화를 중심으로 채용하는 기업이 있을 것이라는 희망으로 영어 회화를 습득할 수 있는 방법을 찾는다. 그러나 대학교 졸업까지 영어 회화를 습득할 수 있는 시간이 충분하지 않다. 공부할 수 있는 시간은 1년 정도밖에 없다.

　영어 회화 역시 배우기가 만만치 않다. 사설 학원에서는 한 클래스에 10명 이상의 학생들을 대상으로 돌아가면서 교재에 있는 표준문장 읽기를 반복한다. 영어 회화 강사는 수십 개의 표준문장을 반복하게 하여 기억하게 한다. 강사는 한국 사람들이 대부분이다. 찬희는 수개월 동안 사설 학원을 다녀 본 결과 효과 제로라는 좋지 않은 결론을 내린다.

　찬희는 외국인과의 접촉이 가능한 방법들을 찾는다. 다행히도 찬희는 미국 친구를 알게 된다. 영어가 능숙한 영문과 친구랑 함께 미8군에서 근무하고 있는 하사관 한 명을 친구로 만든다.

　나이가 비슷한 미군 친구랑 셋이서 주말이 되면 공원이나 박물관 등을 찾아다니면서 재미있게 놀기만 한다. 영어 회화 공부를 한다기보다는 그냥 재미있게 놀기만 한다. 놀다가 배가 고프면 눈에 뜨이는 포장마차에 들어가서 라면을 사 먹는다. 쉬지 않고 수다를 떤다. 영어로. 영어가 안 되면 손짓 발짓으로.

찬희는 영문과 친구의 도움을 많이 받는다. 미국 군인이면서 국제 친구인 하사관은 한국의 포장마차를 신기해하고 즐거워한다. 라면과 어묵을 무척이나 잘 먹는다.

때로는 환경이 열악한 찬희의 집으로 초대해서 엄마표 총각김치를 하사관에게 먹도록 한다. 그 외국인은 땀을 뻘뻘 흘리면서도 맛있다고 엄지를 치켜세운다.

찬희는 주말마다 미국인 친구와 함께 1년 정도를 열심히 놀다 보니 대학교를 졸업하기 전에 일상적인 영어 회화는 가능하게 된다. 대학교 친구들이 많이 부러워한다. 괜히 어깨에 힘이 들어간다.

S전자에 취업할 수 있는 영어 회화 면접시간이다. S전자의 면접관은 찬희에게 세 가지의 한국말 문장을 말하고는 영어로 대답하라고 한다. 거저먹기다. 주말마다 미국 사람과 라면을 먹으면서 수도 없이 수다를 떨지 않았던가. 쉬운 질문이다. 일상 대화 수준보다도 더 쉬운 질문이다.

"내일 오전 몇 시쯤 다시 오시겠어요?라는 질문에 영어로 대답해 보세요."

"Thank you, sir. I'll visit your company, S Electronics, at 10 am tomorrow."

찬희는 잠시도 머뭇거리지 않고 자연스럽게 대답한다. 공손하게 존경스럽게 보일 수 있도록 sir라는 말까지 덧붙여서 대답한다. 면접관은 두 가지 질문을 우리말로 말하고 찬희는 역시 0.1초도 쉬지 않고 즉시 영어로 대답한다. 추가 질문 없이 면접을 마친다.

찬희는 인생에서 주어진 첫 번째 직업을 가질 수 있는 기회를 확실하게 잡았다고 생각한다. 대학교 성적이 좋지 않았지만 라면만 열심히 먹고 영어로 잘 놀기만 했던 찬희는 많은 학생들이 들어가고 싶어 하는 S전자에 가벼운 마음으로 취업할 수 있게 된다.

아내 숙영과의 만남

찬희는 S전자에 첫 출근도 하기 전에 절친의 소개로 숙영을 만난다. 대학교를 졸업하기 전의 마지막 겨울인 1월이다. 당연하게도 결혼을 전제로 한 소개이다. 흔히들 맞선이라고 하는 소개팅이다. 찬희는 키가 크고 늘씬한 숙영을 처음 만났을 때 '이번 소개는 틀렸구나.'라고 생각한다. '이렇게 멋진 여자가 뭐가 부족해서 나랑 결혼할 건가?'라는 스스로의 물음에 대답을 하지 못하고 '오늘 하루만이라도 즐거운 시간을 갖도록 해 보자.'라고 단순하게 생각을 한다. 절친은 조카라고 하면서 이름이 숙영이라고만 알려 주고 '알아서 하라.'는 말만 던지고는 휙 가 버린다.

찬희는 소개녀를 만난다기보다는 절친의 조카를 만난다는 생각만 가지고서 이런저런 생각들을 신나게 떠든다. 찬희는 사회에 첫발을 내디디면서 첫 번째 만난 여자가 숙영이다. 어쩌면 아내가 될지도 모르는 여자이다.

직장 생활을 해 보지 않았던 찬희의 세상 무서운 줄 모르는 자신감은 엄청 건방진 모습으로 비춰질 것이라고 느끼면서도 직장 생활과 미래에 대

두 여자

하여 겁 없는 희망 사항들을 늘어놓는다.

미래의 직장에서 어떤 방법으로 성공할 것이라고 겁 없이 떠든다. 숙영에게 잘 보이려는 생각은 하지 않는다. '용감한 자가 미녀를 얻는다.'라는 말이 있다. 용감한 자는 반 이상을 포기한 자이다. 포기한 자는 두려움이 없다. 즉, '포기한 자가 용감하다'라는 말과 같은 의미이다.

처음 보는 여자에게 잘 보이는 것을 포기한 용감한 찬희는 아무런 눈치를 보지 않고 자신감 혹은 약간의 자만심을 가지고 큰소리를 뻥뻥 친다. 찬희는 '용감하다.'는 뜻과 '희망이 없다.'라는 의미가 때로는 동의어로 쓰일 수 있다는 사실을 느낀다.

그래서 그런지 소개녀는 아주 자연스럽게 찬희가 리드하는 대로 잘 따라다닌다.

찬희보다 한 살이 적은 숙영은 이미 직장 생활을 하고 있다. 찬희의 직장에 대한 무지한 자신감을 애교로 듣고 넘기는 것 같다. 그래도 다행이다. 찬희의 철모르고 떠드는 소리를 숙영은 잠자코 들어 준다.

대학생들이 취업하기를 희망하는 1순위에 위치하고 있는 국내 대기업에 합격한 찬희가 마음대로 자랑하고 떠들 수 있도록 숙영은 맞장구를 쳐 준다. 찬희는 하루 종일의 데이트가 지겨울 시간이 전혀 없다. 찬희와 숙영은 즐겁다.

대구의 명물이라는 앞산 공원과 동촌 유원지를 돌아다니면서 대구를 안내한다. 동촌에서 보트도 탄다. 별로 자랑할 거리도 아닌데도 불구하고 숙영은 찬희의 설명에 귀를 기울여 준다.

찬희는 자신이 무슨 말을 하는지도 모르면서 하루 종일 지껄인다. 다만,

경박스럽게 보이지 않게는 노력한다. 소개해 준 친구에게 미안해하지 않아도 될 만큼만 노력한다.

오전에 만나서 점심과 저녁까지 해결한 시간에도 찬희와 숙영은 서로 헤어지질 않는다. 서로 아쉬운 눈치다. 헤어져야 할 시간이다. 부산에서 직장 생활을 하고 있는 숙영은 데이트가 끝나는 대로 부산으로 돌아가야 한다. 다음 날 회사에 출근해야 하기 때문이다. 찬희가 겨우 말을 이어 나간다.

"이제 서로 돌아가야지요. 시간이 늦은 것 같아요."
"그렇네요."

찬희는 처음부터 숙영이 마음에 있었지만 반쯤 포기한 상태에서 데이트만을 즐겼다.

찬희는 기분이 가는 대로 숙영에게 다음 날의 데이트 신청을 한다. 찬희는 맞선을 본 적이 없다. 대학교 신입생 시절에 몇 번 있었던 미팅이라고 하는 단체 소개가 전부였다. 결혼을 전제로 한 소개는 처음이다. 찬희는 별 희망을 갖지 않고서 가벼운 마음으로 숙영에게 다음의 만남을 말한다.

"숙영 씨. 혹시 내일 직장에 출근하시지 않으면 어떤 문제가 생길까요?"
"네? 네~!"
"저 지금 내일 데이트를 신청하고 있는 중인데요."
"네~! 회사에는 전화를 하면 될 테니 내일 하루 더 시간을 만들 수 있을 것 같아요."

두 여자

"네. 그럼 오늘 만났던 장소에서 내일 다시 만나지요."

"네~"

참으로 용감하고 간단명료한 대화 방법이다. 찬희와 수영은 서로 소개로 만났기 때문에 어떤 감정을 느끼기에는 무리가 있다. 원격 주말 데이트가 시작된다.

서로 탐색하는 만남이라는 생각 때문에 간혹 어색해지기도 한다. 당분간 찬희가 살고 있는 대구와 숙영이 살고 있는 부산에서 매주 번갈아 가면서 만남을 지속한다.

서로 감정이 들 때까지 만나기로 했지만 도중에 연애하는 감정이 생기지 않으면 도중하차한다는 묵시적인 전제 조건하에서 만남을 계속한다. 그러면서 둘이는 차츰차츰 정이 쌓여 간다. 만남이 지속되면서 정이 쌓이기 시작하고 쌓인 정들이 서로 사랑하는 마음으로 바뀌기 시작하는 어느날 두 사람은 결혼을 준비하기에 이른다. 찬희는 아내 숙영과의 만남을 필연이라고 생각한다.

소시민의 행복

찬희는 대구에 있는 K대학교를 졸업하고 S전자의 서울 본사에서 젊음을 시작한다. 희망찬 첫발을 힘차게 내딛는다. 그러나 시간이 갈수록 S전자에서 대학교 시절에 꿈꾸던 직장 생활은 기대할 수 없게 된다.

하루를 어떻게 보내는지 정신없이 일만 한다. 토요일도 없고 일요일도 없다. 흔히 말하는 '월화수목금금금'요일을 일만 한다. 매일 바쁘다. 모든 업무가 바쁘다. 바쁘지 않아야 정상이지만 엄청 바쁜 업무다. 어쩌다가 시간이 조금이라도 나는 날이면 어김없이 회식이란 미명하에 술독에 빠져야 한다. 술을 좋아하지 않는 찬희는 죽을 맛이다.

S전자의 수원 공장은 매월 초가 되면 전 월말에 미처 생산하지 못한 제품들을 마무리 생산하기 위해서 밤을 새면서 미친 듯이 바쁘다. 전월에 생산하지 못했던 제품들을 겨우 생산하고서 중순까지는 당월 생산 계획에 필요한 자재를 챙기기에 눈 코 뜰 새 없이 바쁘다.

그리고 중순부터 월말까지는 생산에 올인해야만 한다. 그러나 당월 생산 계획량을 100% 생산할 수 없을 가능성이 매우 크다. 당월의 계획 생산량을 맞추려면 식당에 가서 밥을 제대로 먹을 수 없을 정도로 바쁘고 화장실에 갈 시간이 없을 정도로 바쁘다.

이런 과정들이 매월 예외 없이 반복된다. 공장이 매일 바쁘니 회사 전체가 바쁠 수밖에 없다. 악순환이 매월 반복되는 악순환의 연속이다. 모든 일정을 보름만 당길 수 있다면 모든 업무가 바쁘지 않고 순조로울 것 같다.

그런데 그게 안 된다. 불가능하다. 생산 계획이 수시로 변경되고 매월 말에 겨우 확정되기 때문에 자재를 정확하게 준비할 수 없기 때문이다.

대기업이라고 하는 S전자에서 월별 관리가 되지 않고 있다. 모든 일정을 보름만 당길 수 있으면 원가상승 요인이 되고 있는 악명 높은 철야 작업을 하지 않아도 될 것이다. 주말에 가족들과 즐거운 시간을 가질 수도 있게 될 것이다. 보름간의 일정을 단축할 수 있으면 꿈만 같은 일들이 모두 실현될 수 있을 것이다. 대기업의 고질병인 줄 익히 알고 있지만 어느

두 여자

한두 사람이 해결할 수 있는 문제가 아니다. 경영혁신이 절대 필요한 이유이다.

그러나 근로자들의 입장에서는 오히려 생산성의 악순환을 즐기기도 한다. 야간근무나 휴일 근무를 하면 특근 수당이 나온다.

대부분의 직장인들은 야근이나 주말근무를 회피하기보다는 오히려 선호하기도 한다. 생활비가 넉넉하지 못한 급여 때문에 아내 몰래 비상금을 확보할 수 있기 때문이다.

씀씀이가 많은 가장들에게는 매우 훌륭한 비자금 확보 수단이 되기도 한다. 찬희는 아내 몰래 확보한 비상금으로 동생들이 어려울 때 사용할 수 있도록 비자금을 조금씩 충당해 놓기도 한다.

찬희는 소시민으로서의 찌든 생활 속에서도 국가경제 발전을 위한다는 명분과 국내 최고의 대기업에 다닌다는 자부심으로 S그룹의 배지를 가슴에 달고 자랑스럽게 거리를 활보하기를 좋아한다.

찬희와 숙영은 남들이 A급이라고 부러워하는 딸, 아들을 한 명씩 가진다. 둘 다 바라는 대로 건강하게 성장한다.

찬희는 S전자에서의 바쁜 직장 생활 속에서도 소소한 만족감을 즐긴다. 전형적인 소시민의 생활 모습이다. 찬희는 직장 생활을 힘들어하지만 S전자 구성원의 한 사람으로서 만족할 뿐만 아니라 자랑스럽게 생각한다.

중산층의 만족

찬희는 S전자에서 능력을 인정받고 있는데도 불구하고 노후생활을 보장 받을 수는 없는 현실을 깊게 인식한다. 기업에서 종업원들은 단명할 수밖에 없다. 대부분의 기업들은 모든 임직원들에게 공통으로 적용되는 눈에 보이지 않는 관습과 제도를 만들고 운영한다.

기업의 법적인 근로 정년은 55세이지만 대부분 50세를 넘길 수 없다. 50세가 되기 직전에 '희망퇴직'이란 이름으로 '반강제적인 퇴직'을 유도한다.

1990년대 말에 불어닥친 IMF가 전국의 모든 사업체들을 암운으로 뒤덮는다. S전자에서 발명하다시피 한 '희망퇴직'이란 용어는 IMF 기간 동안에 국내 전체의 산업분야로 구조조정이 확산하게 되는 촉매가 되기도 한다.

S전자에서 찬희의 직위는 선임부장이다. 찬희가 책임지고 있었던 조직의 직원들은 150명을 상회한다. 인사 부서로부터 20% 이상을 구조조정해야 한다고 비공식적인 통보를 받는다. 본의는 아니지만 20%에 해당되는 30여 명 이상을 찬희가 직접 구조조정을 할 수밖에 없다.

찬희는 퇴직 대상자를 선정한 다음에 대상자들과 개별 면담을 가진다. 퇴직을 강요하지 않으면서 회사의 어려움을 설명하고 퇴직을 유도한다. 어떻게든지 '퇴직하겠다.'라는 말을 받아 낸다. 생각할 전혀 여유를 주지 않는다.

퇴직에 동의하는 순간 즉시 '희망 퇴직원'이란 서류에 사인을 하도록 종용한다. '희망퇴직'이란 명분으로 자발적인 퇴직의 형태를 빌린다. 예외는 한 명도 없다. 말을 하지 않았으면 모르지만 '희망퇴직'의 대상자로 지목하고 면담을 시작한 이상 반드시 사인을 받아내야만 한다. 혹시 있을지도 모르는 이의제기를 대비하기 위해서이다. 찬희는 인사부서에서 교육한 매뉴얼을 따라서 대상 직원들로부터 사인을 모두 받아낸다.

찬희는 가슴에 멍이 들지만 거스를 수 없는 사회적 현상 중에 하나이다. IMF 시대이다. 피할 수 없다. 적극적으로 참여할 수밖에 없다.

S전자는 또 다른 말을 유행시킨다. '평생직장'의 시대는 끝나고 '평생직업'이란 시대가 시작되었다고 한다. 구조조정을 정당화시키기에 매우 유용한 용어이다. 모든 산업체들이 이 말에 호응한다. 언론조차 매우 적극적으로 호응한다.

'평생직업'이란 말은 '구조조정'이란 말로 대체되기 시작하고 '구정조정'이란 말은 '합법적인 해고'라는 사회적인 현상으로 정착하게 된다. 사내 아웃소싱이라는 이름으로 수많은 정규직원들이 비정규직으로 전환된다.

비정규직으로 전환된 직원들은 그나마 다행이다. 월급으로 가정을 꾸려 가고 있던 수많은 가장들이 길거리로 내몰리게 된다. 서울역 앞 광장과 지하도에 노숙자들이 생기면서 길거리 노숙자들의 삶은 전국적으로 확산하게 된다.

종교 단체 이외에는 그들의 생활고 해결을 위한 노력을 하지 않는다. 서울역 부근에 있는 교회나 성당엘 가면 500원씩 나누어 주고 점심을 제공하기도 한다. 매일 점심시간만 되면 교회 마당에는 노숙자들의 긴 행렬이 반복된다.

IMF를 겪으면서 '아버지'라는 권위는 집안에서 강아지보다 아래에 있는 바닥 중의 바닥으로 끝없이 추락하게 된다. 한때는 《아버지》라는 소설이 베스트셀러가 되기도 한 암울한 시기이다.

찬희는 IMF의 기간 중에도 업무 성과 실현에 대한 능력을 인정받고서 스톡옵션을 받는다. 주위의 동료로부터 선망과 동시에 따가운 질시의 대상이 되기도 한다. 동료들은 찬희가 IMF가 끝나면 계속 승승장구할 것으로 말하며 부러워한다. 그러나 찬희는 이러한 능력에 대해서 자랑스럽게 생각하지 않는다. 찬희가 직접 구조조정에 참여해서 무사히 '희망퇴직'을 받아 낸 성과도 포함되기 때문이다.

사회적인 현상의 하나로서 '살아남는 자가 강하다.'라는 말이 널리 유행하기 시작한다.

IMF 기간 동안에 S전자는 고질적인 병폐인 일정관리를 단축할 수 있는 경영시스템과 정보시스템을 구축하는 데 엄청난 돈을 투자한다. 불황기일수록 많은 투자가 필요하다. S전자는 IMF를 극복하기 위한 구조조정으로 12만 명의 직원들 중에서 4만 명 이상의 직원들에게 엄청난 피를 흘리게 하고 동시에 5,000억 원 이상의 막대한 돈을 투자한다. 찬희는 경영혁신을 위한 경영정보시스템 구축을 총괄 지휘하면서 경영혁신의 한 분야를 담당한다. 결국 S전자는 성공적으로 회사 전체의 경영혁신을 마무리한다.

찬희는 중산층으로는 매우 모범적인 삶을 살고 있으며 만족한 생활을 유지하고 있다.

그러나 찬희는 S전자에서의 개인적인 미래를 더 이상 의존하지 않기로 마음을 굳힌다. 회사 입장에서는 지속적으로 성장을 하고 있지만 개인의 입장에서는 지속적인 구조조정의 대상이 될 수밖에 없기 때문이다.

두 여자

두 번째 직업 만들기

찬희는 S전자 이후를 대비한 제2의 삶을 준비한다. 아내 숙영은 걱정이다. IMF 때문에 모든 사람들이 어렵게 살고 있고 회사에서도 언제 구조조정 통보가 오게 되는지 전전긍긍하고 있는 분위기이다.

S전자는 글로벌 기업으로 성장하기 시작했지만 구조조정은 상시 운영되고 있다. 어느 날 갑자기 구조조정 통보가 오더라도 전혀 이상하지 않은 사회적인 분위기이다. 멀쩡한 기업들도 IMF를 활용하여 늘 연중무휴로 구조조정을 실행한다.

찬희가 갑자기 박사 공부를 하겠다고 주장한다. 숙영은 찬희가 정신이 제대로 있는지 의심스럽다.

"여보. IMF 때문에 힘들지?"

"갑자기 왜? 걱정해 주는 소린가?"

"나한테 미래를 투자해 볼 생각 없어?"

"미래 투자? 왜? 돈이 들어갈 일이 있구나."

"귀신이 따로 없어요. 다른 게 아니고 이번 하반기부터 박사 공부를 하고 싶은데 가능할까?"

"당신은 요즘 얼마나 힘들게 살고 있는지 알아? 지금 당신이 공부한다고 학자금을 지출할 여유가 다고 생각해? 등록금만 해도 장난이 아닐 텐데. 정말 돈이 부족해. 하루하루가 불안해."

"나도 알고 있어. 왜 모르겠어? 회사를 다니고 있지만 언제 구조조정 대상이 될지 하루하루가 불안한 건 나도 마찬가지거든."

"그런 걸 알면서도 돈이 많이 들어가는 박사 공부를 하겠다고? 애들 교육비 부담도 점점 많아지고 있고 먹고살기도 점점 힘들어지고 있는데?"

"앞으로 더 힘들다는 걸 알기 때문에 공부하려고 하는 거야. 당신도 알고 있는 사실이지만 내가 앞으로 회사에서 몇 년이나 버틸 수 있다고 생각해?"

"정년이 55세이잖아? 당신 정년까지는 아직도 6~7년 남았잖아."

"법적으로는 맞는 얘기지. 법대로 되는 세상인가?"

"55세까지도 버틸 수 없어?"

"없어. 만 50세가 되기 직전에 대부분 '희망퇴직'이란 명분으로 다들 구조조정을 당할 수밖에 없어. 지난번에 내 손으로 직접 같이 일하던 동료 직원들에게 '희망 퇴직원'을 받아서 구조조정하는 걸 봤었잖아. 나 자신도 같은 입장이거든."

"당신은 일 잘한다고 인정을 받고 있잖아?"

"아직까지는 확실하게 인정을 받고 있지. 그렇지만 올라갈 수 있는 자리는 몇 자리 없는 걸 알잖아. 그래서 구조조정은 누구도 피할 수 없어. 대표이사나 부회장도 못 피해. 그래서 힘이 조금이라도 남아 있을 때 퇴직 후를 준비하려는 것이거든. 아직은 조금 여유가 있고 능력을 인정받고 있을 때인 지금 준비하지 않으면 나중에 후회하게 될지도 몰라."

"알아들었어. 당신 말은 맞아."

"아무런 대책이 없는 상태에서 퇴직을 하게 되면 그다음부터는 먹고살기도 어렵다는 사실을 당신도 알고 있잖아?"

"박사가 되면 퇴직 후에도 확실하게 먹고살 수는 있는 거야? 걱정하지 않아도 되는 거야?"

　　　　　　　　　　　　　　　　　　　　　　　두 여자

"100% 확실하게는 장담할 수 없지. 그렇지만 어떤 좋은 기회가 온다면 언제든지 잡을 수 있는 준비는 해야 할 것 같아. 어려운 미래가 예상되는 데도 아무런 준비를 하지 않고 멍하게 있다가 속수무책으로 당할 수는 없잖아. 어렵고 힘들 때일수록 미래를 위해서 더 많이 투자해야 된다는 사실을 배웠잖아."

"모르겠어. 그래도 한 가지는 약속해 줘."

"무슨 약속을?"

"박사학위를 취득한 다음에는 어떤 일이 있더라도 가정경제를 책임져야 돼. 알았지?"

"돈을 계속 벌어야 한다고? 알았어. 약속할게."

"좋아."

한국은 역동적이고 힘을 한곳으로 모을 줄 아는 민족이다. 전 국민들의 노력 끝에 성공적으로 IMF를 졸업하게 된다. 한국은 모든 산업체들과 국민 전체의 일치된 노력으로 2~3년 만에 IMF를 탈출하게 된다. 경영혁신을 실현할 수 있었던 S전자는 IMF를 벗어나게 되면서 엄청난 이익을 실현하게 되고 세계적인 글로벌 기업으로 급속한 성장할 수 있게 된다.

그리고 찬희는 상상하기조차 어려운 정도의 큰돈에 대한 권리를 행사할 수 있게 된다. 스톡옵션은 찬희에게 엄청나게 큰돈이 되어 돌아온다. 찬희는 일 년간의 종합소득에 대한 세금으로 수억 원을 지불하게 되어 국가경제의 일부분에도 큰 기여(?)를 하게 된다. 역시 '살아남는 자가 강하다.'라는 말은 진리이다. 찬희와 아내 숙영은 IMF로 인한 가정경제의 어렵고 힘든 문제를 스톡옵션으로 해결할 수 있게 되어서 행복해 한다.

찬희는 본의 아니게 제2의 삶을 준비하면서 IMF를 성공적으로 견뎌 낸다. IMF가 지나간 4~5년 후쯤에 찬희는 박사 과정을 무사히 마무리한다.

아내 숙영의 전폭적인 지원으로 IMF임에도 불구하고 찬희는 야간 대학원에 다니면서 주경야독을 할 수 있었다. 찬희는 아내 숙영의 믿음과 전폭적인 지원이 없었더라면 시작도 하지 못할 뻔했던 박사학위를 취득하게 된다. 자랑스러운 박사학위이다. 그만한 가치가 있기를 희망할 뿐이다. 찬희는 아내 숙영에게 진심을 담아서 감사하게 생각한다.

전직

찬희는 S전자에서는 더 이상 개인의 미래를 찾을 수 없다고 판단하고서 퇴직을 결심한다. 찬희는 경영학 박사학위를 가지고 있다. 대학교수로의 전직 가능성을 따져 본다.

전국의 대학교에서 교수를 채용하고 있는 정보를 입수한다. 직장 생활을 하다가 대학교수로 전직하기에는 하늘의 별따기만큼이나 어렵다.

전국의 대학교들이 서로 통폐합되거나 비인기학과를 폐지하기도 한다. 매년 입학하는 학생들 숫자가 대폭 줄어들기 때문이다.

교육부에서는 매년 각 대학교로 교육에 관련된 거액의 자금을 지원한다. 모든 대학교들은 교육부의 지원금에 사활을 건다. 모든 대학교들은 신입학생수가 격감하고 있고 등록금을 올릴 수 없는 상황에서 교육부의 지원금에 크게 의존할 수밖에 없다. 교육부에는 전국의 대학교에 대한 지원금을 선택하고 집중하려고 한다. 교육부의 예산에도 한계가 있기 때문

　　　　　　　　　　　　　　　　　　　　두 여자

이다. 당연히 교육부의 중요한 정책들을 수행하는 정도에 따라 지원금의 규모가 결정된다.

교육부의 중요한 정책들 중에서 교수 1인당 학생 수가 적을수록 평점이 매우 높은 항목이 있다. 교육부에서 매 학기마다 교수 채용을 독려하는 이유이다.

전국의 각 대학교들은 교수 확보에 사활을 건다. 교수의 숫자가 많은 대학교일수록 교육부의 지원금이 많아지게 된다. 교수의 숫자가 많을수록 교수 1명이 담당할 수 있는 대학생의 수가 적어지므로 교육의 질이 그만큼 높아지기 때문이다.

각 대학교에서는 교수를 초빙하기 위한 필사적인 노력을 한다. 대학교들의 교수 확보를 위한 필사적인 노력은 엄청나다. 대부분의 대학교에서 한 학기에 수십 명 이상의 교수를 채용한다. 그야말로 교수 품귀의 시기이다.

찬희에게 두 번째 직업의 기회가 왔다. 잡아야 한다. 찬희는 서울에 있는 M대학교에서 직업을 전환할 수 있는 기회를 잡게 된다. S전자에서의 경력과 박사학위를 들고서 M대학교 경영학과의 기술경영 교수를 지원한다. 찬희는 S전자에서 습관화된 기획력과 발표력으로 무난하게 M대학교의 경영학 교수로 채용된다.

역시 준비된 자에게 기회는 온다. 찬희가 미리 박사학위를 준비해 두지 않았더라면 교수라는 멋진 직업으로 변화할 수 있는 기회가 왔다가 지나갔는지조차 알 수가 없었을 것이다.

찬희는 전형적인 중산층의 한 사람으로서 성공적이고 모범적인 삶을 지속한다. 찬희와 숙영은 소시민의 만족한 삶을 즐긴다. 현재의 행복감이 계속될 수 있기를 희망한다. 찬희는 아내 숙영에게 큰소리친다.

"당신이 요구했던 약속을 지킬 수 있게 됐어. 이제부터는 퇴직 걱정하지 않고 편안하게 생활할 수 있을 것 같아."

"고마워요. 당신이 많은 노력을 했잖아. 당신이 대단해."

"고마워요. 당신이 이해해 주고 지원해 준 덕분에 박사 공부를 할 수 있었어."

"당신이 어려움을 미리 예상하고 미리 준비하고 있었던 덕분이지."

"그래도 당신의 지원이 없었더라면 준비조차 할 수 없었겠지. 당신의 믿음 덕분이야. 고마워."

"당신의 부지런함 덕분이야. 고마워."

"사람은 죽을 때까지 항상 다음을 준비해야 될 것 같아. 심지어는 죽음조차도 준비해야 될 것 같아."

"맞아요."

찬희와 숙영은 중산층의 한 사람으로서 남부럽지 않은 평화로운 생활을 유지할 수 있다. 서로 위로하면서 서로 고마워한다. 찬희는 이런 게 작은 행복이 아닐까 생각한다.

두 여자

놀라지 말고 들어 봐요

찬희는 대학교수 생활이 끝나고 은퇴를 한다. 이제부터는 자유의 시간이다. 이때까지 못해 봤던 취미생활을 하기로 계획을 세운다. 특히 여행을 좋아하기 때문에 여행과 동시에 즐길 수 있는 취미생활을 자전거타기랑 그림그리기를 생각한다.

찬희가 M대학교를 은퇴한 해의 가을 어느 날이다. 아내 숙영이 외출을 마치고 현관을 들어선다. 찬희와 숙영은 미국에 있는 딸애가 사우스캐롤라이나에서 시카고로 이사를 한 후에 잘 적응하고 있는지 손자들은 건강하게 잘 지내고 있는지 잡다한 가족 얘기들을 주고받는다.

의미 없는 주변의 얘기들을 좀 더 주고받는 중에 숙영이 갑자기 찬희를 쳐다보면서 정색을 하고 말한다.

"당신, 놀라지 말고 내 말 들어 봐요."
"왜 그래. 무섭게."
"무서운 얘기는 아니니까 걱정하지 말고 들어 봐."
"무슨 얘기인데 그래?"
"가벼운 얘기야."

걱정하지 말라는 말에 걱정이 더 많아진 찬희는 숙영이 말도 꺼내기 전에 불안해하며 말이 빨라진다.

"알았어. 무슨 일이야? 밖에서 무슨 일이 있었어? 아들이 하는 사업에 무슨 일이라도 생긴 거야?"

"아니. 병원에 잠깐 들렀는데 나 유방암 초기라고 해."

"뭐? 암이라고?"

"응. 암이긴 한데 초기라서 살짝 떼 내기만 하면 될 정도로 가벼운 암이래. 의사 선생님이 크게 걱정하지 않아도 된다고 했어. 수술하고 바로 퇴원할 수 있을 정도라고 했어."

"그런데 갑자기 병원에는 왜 갔어? 뭔가 느낌이 이상해서 갔을 거 아냐?"

"응. 어제 저녁에 샤워하다가 가슴을 훑어가면서 만져 봤는데 오른쪽 가슴에 작은 망울이 만져져서 혹시나 해서 병원에 가서 진료를 받아 본 거야."

"내일 큰 병원에 가서 다시 진단을 받아 보자."

"알았어."

찬희와 숙영은 부랴부랴 여기저기 연락해 보고 강남에 있는 S병원에 검진 일정을 예약한다. S병원의 임 교수는 유방암 외과 수술 전문의로서 사회적으로도 이름이 많이 알려져 있다. 유튜브에도 유방암에 대한 원인과 치료 방법들에 대해서 상세하게 설명을 하고 있다.

임 교수에 대한 환자들의 평도 매우 좋다. 환자의 고충을 이해하려고 노력한다는 평들이 대부분이다. 환자를 위한 의료서비스의 의미를 이해하고 있으며 실행하는 훌륭한 의사라는 평가들이다. 임 교수의 치료를 받기 위해서 대기하고 있는 유방암 환자들이 다른 의사들보다 훨씬 많다고 한다.

찬희와 숙영은 임 교수에게 수술을 받을 수 있도록 일정을 조정하고 검진 일자를 선택하고 지정한다. 예약된 검진 일자에 찬희와 숙영은 임 교수의 진료실에서 검진을 한다. 임 교수는 역시 암일 가능성이 많다면서도 암의 크기가 작고 초기 같으니 조직검사 결과가 나오는 다음 주에 그냥 떼 버리는 수술을 진행하자고 가볍게 말한다. 찬희와 숙영은 다행이라고 생각한다.

임 교수는 항암 치료나 방사선 치료는 하지 않아도 될 만큼 착한 암일 가능성이 더 많다고 한다. 암세포 조직검사를 하기 위해서 오른쪽 유방에 있는 암 부근을 약간 떼 내고서는 찬희와 숙영은 안도의 한숨을 크게 한 번 쉬고서 귀가한다.

암발병 원인

숙영에게는 우려할 만한 일이 있다. 숙영의 친정 식구들에게는 매우 좋지 않은 암발병에 대한 가족력이 아주 많다. 친정아버지, 큰오빠. 둘째, 셋째, 넷째 오빠 모두 암으로 세상을 떠난 가족력이 있다. 숙영은 암에 걸리면 거의 사망에 이른다는 사실을 가족들의 경험으로 느끼고 있다.

숙영은 평소에도 암에 대해서 많은 관심을 가지고 있다. 숙영에게는 샤워할 때마다 유방을 만져 보는 습관이 생겨났다. 그래서 유방암을 조기에 발견할 수 있었다.

숙영은 걱정이 태산이다. 남편에게 걱정하지 말라고 큰소리를 쳤지만 가족력을 생각해 보면 큰 걱정거리일 수밖에 없다. 암은 유전이 아니라는 게 정설이긴 하지만 동일한 환경에서 성장한 가족들에게는 유전이 아니더라도 가족력이 적용될 수밖에 없을 것이다.

찬희는 아내 숙영의 암발병의 원인을 가족력 이외에서 찾는다. 숙영은 결혼한 이후 오랜 기간 동안 감당하기 어려운 스트레스를 받아 왔다.

집안의 기둥 역할을 해야만 하는 남편 찬희를 내조하기에는 주위 환경이 너무 부족하고 열악한 부분이 많다. 집안 종손 며느리로서의 책임과 의무에서 벗어 날 수 없었던 숙영은 남편 찬희만을 의지하고자 했지만 찬희 역시 종손의 굴레를 벗어날 수 없었기에 숙영의 스트레스는 배가되기만 한다.

종가집 장손과의 결혼이라는 생활환경의 급격한 변화는 고스란히 숙영의 가슴속에서 멍울지고 차곡차곡 쌓였을 것이다.

찬희와 숙영의 딸과 아들의 자녀들이 건실하게 성장하여 미국과 한국에서 각자 사회적으로나 경제적으로 잘 적응하고 있다.

딸은 사위와 미국에서 아들 둘을 키우면서 직장 생활을 하고 있다. 미국에서 중산층으로서 만족스러운 생활을 하고 있다.

아들은 서울에서 첨단 온라인 유통 플랫폼 사업에서 활동하고 있으며 새로운 첨단 사업을 성공시키기 위하여 열심히 일하고 있다. 한국의 전통적인 문화, 먹거리, 음료, 주류 등을 발굴하여 공급할 수 있는 온라인 유통 서비스사업이다.

자녀들이 건실하게 사회생활을 할 수 있도록 교육했던 모든 뒷바라지는 아내 숙영의 몫이 되었으며 이 또한 숙영의 스트레스가 되어 가슴속에 쌓이고 있었을 것이다.

두 여자

남편 찬희와 아내 숙영은 중산층의 소시민으로 만족스러운 삶을 살고 있다. 중산층에 대한 만족감과 비례해서 숙영은 더욱더 힘들어진다.

　찬희는 한국에서 중산층에 속하고 유지될 수 있는 노력을 하기 위해서 경제활동과 사회생활을 게을리하지 않는다. 이러한 찬희의 열정적인 사회활동은 가정과는 점점 멀어지게 되므로 숙영에게는 반대로 스트레스가 되어 가슴속이 시커멓게 타 들어 갔을 것이다.

　사람은 누구나 암세포를 몸속에 지니고 있다고 한다. 매일 5,000개의 암세포가 새로 생겨난다고 한다. 그러나 암세포가 몸속에 있다고 해서 암이 발병되지는 않는다. 몸속에 있는 면역세포의 힘이 충분할 때는 암세포가 활동을 중지하고 있다가 면역세포들이 줄어들거나 면역력이 약해질 경우에는 암세포들의 활동이 왕성하게 성장하여서 암발병이 될 수 있다.

　찬희는 생각한다. 아내 숙영은 다른 보통 사람들보다 약간 많은 암세포를 보유하고 있었을 것이다. 그리고 숙영은 찬희의 집안에서 발생하고 있는 크고 작은 신경성 스트레스들로 인하여 면역력이 약화되었고, 이러한 과정들이 서로 악순환되어서 숙영의 몸 중에서 가장 약한 부분인 유방으로 암이 발병했을 것이다.

　숙영은 크고 작은 수없이 벌어지는 남편 집안의 일들을 처리하기 위하여 희생하고, 자녀들 교육을 위하여 자신의 인생을 포기하고 중산층을 유지하기 위한 남편의 사회생활을 위하여 내조해야만 하는 세월이 수십 년이다. 가슴속에 멍이 들고 한이 쌓일 수밖에 없다.

　숙영에게는 끝이 보이지 않는 인내의 세월이다. 찬희는 이러한 숙영의 스트레스들이 오랫동안 쌓이게 되고 결국 암을 저장하고 있는 둑을 터지게 한 것으로 생각한다.

그러나 숙영은 자신의 암 때문에 남편 찬희가 스트레스를 받지 않도록 노력한다. 스트레스로 인하여 발병한 암일 확률에 대해서 숙영은 애써서 표현하지 않는다.

가족력으로 인한 암발생일 것이라고만 표현한다. 이러한 속 깊은 숙영의 마음을 찬희는 모르는 척 지나친다. 별 다른 대안이 없기 때문이다.

수술 일자 취소

수술이 예약된 날짜에 숙영은 수술받을 준비를 한 채로 남편 찬희와 함께 S병원으로 간다. 임 교수의 진료실이다.

"예약 날짜가 취소되었습니다."

"네~?"

"수술하기 전에 조직검사 결과가 나왔습니다. 숙영 씨의 암은 작고 초기의 암인 것은 확실하지만 '허투'라는 좀 센 놈입니다. 성장이 아주 빠른 놈입니다."

"유방암에도 센 놈이 있습니까?"

"유방암에는 세 가지 종류가 있는데 일반적으로 알려져 있는 호르몬이 원인인 '양성 유방암'이 60~70%이고 보통 착한 암이라고 알려져 있어요. 그리고 단백질을 원인으로 한 '허투'라는 유방암이 20% 정도 되며, 나머지 10% 정도는 복합적인 원인으로 발생하며 회복이 상대적으로 어려운 '삼중음성유방암'이 있습니다."

의사인 임 교수의 설명을 들으면서 찬희와 아내 숙영은 불안한 마음이 확대된다. 찬희의 가슴이 울렁거리고 벌렁거린다. 숙영의 안절부절하는 모습이 눈에 보인다. 임 교수의 설명이 계속된다.

"숙영 씨의 경우에는 다른 암세포에 비해서 성장속도가 매우 빠르며 악성에 가까운 '허투'이므로 수술을 하기 전에 먼저 암세포의 성장을 중지시키고 이미 만들어진 암세포들을 줄일 수 있는 선행표적항암 치료를 해야할 것 같아서 수술일자를 취소했어요."

"수술을 할 수 없는 정도로 악성인가요?"

"아니요. 그 정도로 악성은 아닙니다. 선행표적항암 치료를 해서 다시 조직검사를 해 본 다음에 수술 여부를 한 번 더 판단하게 됩니다."

"혹시 선행표적항암 치료를 하게 되면 암 치료가 끝나게 되는가요?"

"네. 만약 선행표적항암 치료 결과로 암세포가 남아 있지 않고 완전 관해가 된다면 수술 없이 바로 퇴원할 수 있어요. 수술을 하지 않아도 될 확률이 60% 이상이 되니 크게 걱정할 일은 아닐 것 같습니다."

"선생님께서 확률을 말씀하시니 말입니다만, 반대로 40% 정도는 완전 관해가 되지 않는다는 의미라고 생각해야 할까요? 완전 관해가 되지 않는다면 수술을 해야 한다는 의미인가요?"

"이해를 바로 하셨습니다."

"미리 선행표적항암 치료를 한다면 수술 후에는 항암 치료를 다시 하지 않아도 될 것 같기도 한데 맞는가요?"

"아닙니다. 수술을 하게 된다면 반드시 한 번 더 항암 치료와 방사성 치료를 병행해야 할 것입니다."

"네. 그렇군요. 잘 알겠습니다."

건강보험

찬희와 숙영은 임 교수의 설명으로 치료 과정을 이해하고서 진료실을 나오려고 일어선다. 임 교수가 할 말이 남아 있다고 하면서 다시 앉으라고 한다.

"그런데 한 가지 더 드릴 말씀이 있습니다. 숙영 씨의 경우에는 선행표적항암 치료를 해야 하지만 건강보험을 적용받을 수 없을 것 같습니다."

"네~? 뭐라구요?"

"선행표적항암 치료를 할 경우에 말씀인데요. 암의 크기가 20㎜ 이상이면 문제없이 건강보험을 받을 수 있습니다만 숙영 씨의 경우에는 20㎜보다 약간 작은 초기암이기 때문에 건강보험 적용을 받을 수 없습니다."

"말이 안 되는 것 같아요. 암이면 암이지 크기를 정해 놓고 건강보험을 적용할 수도 하지 않을 수도 있다는 게 말이 됩니까? 그렇다면 수술을 먼저 하게 되면 건강보험을 적용받을 수 있지 않겠습니까?"

"네. 맞습니다. 수술을 먼저 하시면 건강 보험을 적용받을 수 있습니다. 수술을 먼저 하기로 할까요?"

"네~?"

"수술을 먼저 할까요? 선행표적항암 치료를 먼저 할까요?"

두 여자

"환자가 마음대로 정해도 되는 수술인가요? 무슨 감기약 사듯이 간단하게 수술방법을 암환자가 선택해야 하나요?"

"네. 환자분이 선택하셔야 합니다. 많은 돈이 드는 문제이기 때문에 어쩔 수 없습니다. 돈이 문제가 되지 않는다면 선행표적항암 치료를 먼저 하시는 것으로 권장합니다만, 의사인 제가 결정할 문제는 아닌 것 같습니다. 어떻게 하실까요?"

"선행표적항암 치료를 먼저 하도록 설명해 주신 것은 그렇게 하도록 유도하신 것이잖아요. 그래 놓고서 아무것도 모르는 우리에게 선택을 강요하시면 우리가 어떻게 결정할 수 있겠어요?"

"그래도 선택하셔야 합니다."

"모르겠습니다. 생각할 시간을 조금 주세요."

"네."

갑자기 숨이 턱 막힌다. 돈 때문에 위험을 감수할 수는 없지 않은가? 수천만 원 이상의 큰돈이 들지도 모를 일이지만 건강보험을 적용받으려고 의사가 권유하는 방법을 바꿀 수 있는 간 큰 남편은 없을 것이다. 찬희의 머릿속이 복잡해진다.

잠시 침묵의 시간이 흐른다. 1분쯤 시간이 지나간다. 임 교수가 먼저 말을 시작한다.

"의사인 저도 답답한 마음은 환자분과 같습니다만, 의료보험공단의 규정과 국가의 법이 그렇게 규정되어 있기 때문에 하는 수 없습니다."

"건강보험을 적용하지 않으면 예상 치료비가 어느 정도 나올까요?"

"숙영 씨의 경우에는 우리 병원에서의 치료비만 4천만~5천만 원 정도 될 것 같아요. 치료 후에 다른 병원에서 장기 치료를 추가할 경우에는 더 많이 들게 되고 많으면 수억 원이 들지도 모릅니다. 만약 치료비가 걱정된다면 선행표적항암 치료를 하지 마시고 수술을 먼저 하시지요. 건강보험이 적용됩니다."

"건강보험요율은 몇 %일까요?"

"95%입니다. 본인 부담이 5%입니다. 숙영 씨의 남편분께서 수술을 먼저 할지 선행표적항암 치료를 먼저 할지를 선택을 해 주셔야 진행이 가능합니다."

"전문가이신 의사 선생님이 결정해 주셔야지 비전문가인 우리가 어떻게 결정할 수 있겠습니까?"

"그래도 환자분과 가족 되시는 분이 결정하셔야 합니다."

찬희와 숙영은 머리가 멍해진다. 돈 때문에 불확실한 수술방법을 선택할 수는 없다. 돈이 많이 들겠지만 의사가 제안하는 방법을 거절할 수 없다.

가능성이 조금이라도 더 많은 치료 방법을 선택해야 한다. 딸과 아들은 정상적으로 성장해서 모두 출가했으니 더 이상 큰돈이 들어가지는 않을 것 같다. 그나마 다행이다. 찬희는 란희에게 말한다.

"돈이 뭐가 그리 중요한가? 당신 건강이 우선이지."

"그래도 돈이 너무 많이 들어간다고 하잖아. 건강보험을 받을 수 없으면 안 돼요. 곧장 수술부터 하도록 해요."

찬희가 수술을 집도하는 의사인 임 교수에게 말한다.

"선생님께서 말씀하신 선행표적항암 치료 방법을 선택하겠습니다. 건강보험을 포기하고 치료비를 자비로 부담하겠습니다."

영원한 "을", 환자

임 교수와의 진료를 마친 후에 다음 과정인 항암 치료 전문의인 안 교수와의 검진이 시작된다. 안 교수는 검진을 시작하기 전에 암의 크기가 매우 작아서 수술을 먼저 하면 될 것을 왜 선행표적항암 치료를 먼저 해야만 하는지 이해를 할 수 없다면서 고개를 갸우뚱거린다.

건강보험이 적용되지 않으면 천문학적인 치료비가 나온다면서 암 치료를 온전하게 마치기 어려울 수 있다고 걱정한다. 환자의 입장을 먼저 생각해 주는 안 교수의 마음이 고맙게 다가온다. 안 교수가 제안한다. 검진을 일주일 연기하자고 한다. 그동안 유방암 수술 전문의인 임 교수와 상의해서 수술 여부와 치료 방법을 다시 검토해 보겠다고 한다. 찬희와 숙영은 안 교수의 제안대로 검진를 다음 주로 연기한다.

찬희와 숙영은 예약한 검진 일자가 되어서 안 교수의 진료실을 찾는다. 안 교수는 임 교수와의 협의 결과를 설명한다. 임 교수의 의견대로 선행표적항암 치료를 먼저 하자고 한다. 그러면서 건강보험이 적용될 수 있는 방안을 찾았다고 한다. 암덩어리가 20㎜보다는 살짝 작지만 소수점 이하를 반올림하면 건강보험이 적용될 수 있도록 조치할 수 있다고 한다.

안 교수의 환자의 환경과 경제사정까지 먼저 생각하는 마음이 참으로 고마운 일이다. 암 치료에 대한 건강보험을 적용할 수 없다면 암 치료가 거의 어렵게 되는 경우가 많다. 암 치료에는 생각보다 많은 돈이 들어가기 때문이다.

임 교수가 처음부터 건강보험을 적용할 수 있는 방법을 제시하지 않았던 것이 아쉽다. 환자의 불안하고 초조한 마음을 먼저 고려하지 않고 병원과 의사들을 위한 원칙적인 행정 편의주의만을 먼저 생각하는 대표적인 사례라는 생각이 든다.

찬희는 건강보험에 관련한 규정이나 법률이 참 이상하다고 생각하지만 시시비비를 가릴 여유는 없다. 병원은 영원한 "갑"이고 환자는 영원한 "을"이기 때문이다.

찬희는 의료에 관련된 기관들의 불합리한 부분을 개선하고자 노력할 생각은 전혀 없다. 괜히 객기를 부려서 골리앗인 의료기관들을 들쑤시게 된다면 개인이 감당하기 어려운 불이익으로 돌아올 수도 있기 때문이다. 불이익 중에는 아내 숙영의 생명까지도 포함되어 있다.

찬희는 언제인가 예상하기는 어렵지만 아내 숙영의 암 치료가 끝날 수 있는 날 대형병원의 의사들이 환자를 위하는 서비스 정신에 대하여 비평할 수 있는 기회가 있기를 희망한다. 생명이 걸려 있는 환자의 입장에서는 냉정한 의사의 결정을 믿어야 하고 의지해야 하지만 의사는 환자와 그 가족을 위한 최소한의 서비스는 제공해야 한다고 생각한다.

그러나 찬희는 의사의 서비스 정신에 대해서 영원히 비평할 수 없음을 잘 알고 있다. 수술과 항암의 과정이 모두 만족스럽게 끝나더라도, 향후 6개월에 한 번씩은 암 재발 여부에 대해서 S병원에서 검진을 계속 받아야만 한다. 의사는 찬희와 숙영에게는 영원한 "갑"이다. 목숨을 걸고 "갑"에게 항의할 수는 없는 일이다. 애당초 불가능한 일이다. "을"을 "갑"에게 항상 웃음을 보여야 한다. 비굴하더라도 불만을 말하지 않고 항상 웃음을 보여야만 한다. 그게 아내 숙영이 살길이다.

선행표적항암 치료

안 교수의 선행표적항암 치료가 시작된다. 3주에 한 번씩 주사약을 8회 투여하게 된다. 치료약은 '허주마'라는 주사약이다. 숙영은 마음을 단단하게 가지고서 머리를 자발적으로 먼저 깎아 버린다. 항암 치료 기간 중에 머리카락이 듬뿍듬뿍 빠지는 모습을 보기 싫어서 미리 깎는다. 머리를 미리 박박 깎아 버린 숙영은 거울을 쳐다보면서 푸르스름한 빛이 보이는 하얀 머리가 예쁘다고 농담한다. 찬희의 눈에도 제법 예뻐 보인다. 암투병을 위한 숙영의 강한 의지가 보인다. 그 의지 속에 눈물 한 방울이 맺힌다.

항암 주사약으로 치료를 시작하면서부터 구토와 설사를 병행하고 통증이 밀려오기 시작한다. 주사약을 투여한 후 첫 번째 주에는 별 통증이나 구토 증상이 없다. 두 번째부터는 극심한 통증이 시작된다. 도저히 참을 수 없을 정도의 고통이다. 지옥의 고통도 이보다는 덜할 것이다. 세 번째 주부터는 통증이 완화된다. 음식을 먹기에도 조금 용이해진다. 체중이 조금 늘어나기 시작하는 네 번째 주가 시작되는 날짜에 다시 항암 주사약을 투여한다. 시간이 가고 반복한다고 해서 통증은 조금도 완화되지 않는다. 숙영의 지옥 같은 항암투병 생활이 연속된다.

아내 숙영이 투병 생활을 하는 동안 모든 살림은 찬희의 담당이다. 잠자리를 돌보고, 이불을 개고, 거실과 방들을 청소하고, 빨래하고, 아침이랑 점심과 저녁을 준비하고, 쓰레기를 버리고, 화장실과 욕탕을 깨끗하게 청소해야 한다.

찬희는 낮이나 밤이나 아내의 고통을 함께해야 한다. 찬희는 초기에는 견딜 만하다고 생각한다. 그러나 점점 견디기 힘들어진다. 집안일들이 이렇게 많고 힘든지 예전엔 미처 몰랐다.

찬희에게 가장 힘든 일은 아내를 위해서 음식을 장만하는 일이다. 아내 숙영이 한 숟갈도 못 먹으면서 찬희에게 암환자가 먹을 수 있는 음식을 준비하지 않는다고 하면서 가끔 짜증을 부리기도 한다.

찬희는 숙영과 함께 미리 준비해 둔 재료들을 사용해서 음식을 만들지만 입맛이 없어서 식사를 제대로 하지 못하는 숙영의 불평을 받아 줄 수밖에 없다. 암환자의 고통이 찬희의 불편보다는 수백 배 이상으로 더 크기 때문이다. 찬희는 매일같이 숙영의 암투병 생활의 일정 부분을 함께 나눌 수밖에 없다.

찬희는 아내 숙영이 고통스러워하는 모습을 보면서도 대신할 수 있는 방법이 없다. 같은 방에서 잠을 자게 되면 둘 다 힘들다면서 숙영은 찬희를 다른 방에서 잠을 자라고 권유한다.

화장실을 가야 하거나 갑자기 통증이 오면 숙영은 찬희에게 전화를 건다. 숙영에게는 찬희를 부를 힘도 없다. 간혹 늦은 저녁 혹은 한밤중에 화장실에서 이상한 소리가 들려서 찬희는 화장실 문을 열어 보고는 할 말을 잊기도 한다. 이를 악물고 고통을 참다가 숙영 자신도 모르게 치아 사이로 흘러나오는 끙끙대는 울음소리다.

산 사람이 우선

아내 숙영은 천주교인이다. 남편인 찬희는 어릴 때부터 기독교에 적을 두고 있다. 교인이라고 하기에는 낯부끄러울 지경이다. 찬희는 종교에 대해서는 상당한 자유스러운 생각이다. 자식들에게도 특정한 종교를 권유하지 않는다.

다만, 어려울 때 의지하고 기도할 수 있는 종교생활을 하라고 적극 권유한다. 찬희는 어느 종교이든 간에 사람들이 살아가면서 어려움을 만날 때 종교의 필요성이 있다고 생각한다.

찬희는 숙영의 고통스러운 암투병 생활에 올인해야 한다. 찬희는 집안의 종손이자 장남이다. 어느 집엔들 장남이 없겠는가마는 찬희의 경우에는 아직까지도 고리타분한 집안의 전통을 이어 받아 지키고 있다.

집안의 대표적인 관습으로 형제들과 일가친척들의 대소사를 돌보아야 한다. 실제로 도움이 되든 안 되든 간에 형제들은 맏형인 장남을 따른다. 찬희는 경제적으로도 정신적으로도 모범이 되어야 하며 필요한 경우에는 실제적인 도움을 제공하기도 해야 한다.

한국에는 제사문화가 있다. 당연한 일이지만 찬희와 숙영은 집안의 제사를 책임져야 한다. 명절을 포함해서 두 달마다 한 번 이상의 제사가 있다. 제사에 대한 한국의 전통적인 관습을 찬희는 매우 좋게 생각한다. 가족을 묶어 주는 매우 좋은 관습이자 문화라고 생각한다.

제사 날짜가 되면 많은 것을 준비해야 한다. 한국은 산 사람보다 죽은 사람이 대우를 받고 있는 나라이다. 오래전 옛날에는 씨족 사회였고 씨족 사회에서는 한 마을에 일가친척들이 모여 살고 있으므로 제사 때가 되면 마을 전체의 잔치를 하고 서로의 연대감을 강화할 수 있다.

그러나 요즘의 시대에서는 씨족 사회는 간 곳이 없고 핵가족을 지나서 독신으로 살고 있는 나 홀로 세대가 급격하게 증가하고 있다.

전통적인 관습인 제사문화를 젊은 사람들은 귀찮아하는 현실이다. 찬희만 해도 동생들이나 가족들 중에서 제사에 참여하는 사람들이 거의 없기 때문에 찬희 혼자서 제사를 지내는 경우가 대부분이다. 모두들 경제활동에 바쁘기 때문이다.

찬희는 제사를 지낼 때마다 마음이 아프다. 동생들이 모두 제주도에서 살고 있기 때문에 매번 모이기가 어렵다. 그러다 보니 가족들 중에 제사를 생각하는 사람은 장남인 찬희 부부만이 유일하게 남게 된다.

찬희는 제사에 대한 생각을 정리하고 숙영의 부담을 덜어 주기로 한다. 항암 치료를 하는 환자에게 집안의 대소사를 감당하게 하는 것은 너무나 비인간적이다. 제사만이라도 면하게 해 줘야만 한다고 생각한다. 찬희는 조부모 및 부모님의 제사를 모두 생략하고 아버지의 기일에 맞추어서 1년에 한 번씩 제주도에서 가족 전체의 모임을 가지기로 결정한다.

두 여자

한국에는 다행스럽게도 제사를 모셔야 하는 사람이 많이 아플 경우에는 제사문화를 면해 주는 오래된 관습이 있다. 찬희는 오랜 전통인 제사문화를 없애는 데 대한 마음의 부담을 스스로 위안한다.

가족의 모임이 있는 날 제주도의 막내 동생이 다니고 있는 천주교 성당에 가서 단체로 미사를 본 다음에 조상들에 대한 기도를 드린다. 미사를 마친 다음에는 찬희의 사 남매 모두와 그들의 아들딸들, 손자 손녀들까지 수십 명이 모여서 2박 3일 동안 즐거운 시간을 가진다.

가족들 모두가 좋아한다. 가족들의 결속을 높일 수 있는 매우 유용한 방법이다. 지난 수십 년 동안 가족 전체가 모였던 기억이 단 한 번도 없다. 찬희의 4남매 자녀들 결혼식에도 잠시 얼굴만 비추고는 각자의 생활로 돌아가기 때문에 가족 전체가 같은 시간대에 모일 수 있는 기회는 전혀 없었다.

제사를 없애고 1년에 한 번씩 가족 전체의 모임을 가질 수 있게 되니 형제들과 가족들 간의 결속이 더욱 단단해진다. 왜 일찍 용단을 내리지 못했는지 후회가 될 지경이다.

찬희는 조상에 대한 제사와 가족들의 모임에 대한 새로운 관습을 만들었다. 가족제도에도 변화가 필요하다. 암투병에 온 힘을 다 하고 있는 아내 숙영의 짐을 많이 덜어 낼 수 있게 되었다. 숙영은 남편 찬희의 결정을 감사하게 생각한다.

죽은 사람인 조상들도 중요하지만 우선 살아 있는 사람의 건강이 더욱 중요하다. 이제부터 찬희와 아내 숙영은 암투병 생활에 올인할 수 있다.

완전 관해

선행표적항암 치료와 방사선 치료가 끝나는 24주 후에 조직검사의 결과가 나왔다. 100% 완전 관해가 되어서 암세포가 보이지 않게 된다면 더 이상의 고통은 없게 된다. 수술을 하지 않아도 되기 때문이다.

거꾸로 완전 관해가 이루어지지 않고 조금이라도 남아 있게 되면 수술을 해야만 하고 다시 항암 치료와 방사선 치료를 오랜 기간 동안 계속해야만 한다. 고통의 시간을 오랫동안 한 번 더 반복해야만 한다. 죽음과도 같은 고통이 동반될 수밖에 없는 항암 치료를 다시 하고 싶지 않다. 피하고 싶다.

숙영은 완전 관해의 결과가 있기를 성모 마리아에게 기도한다. 하나님에게도 기도한다. 찬희는 하나님에게 기도하지 않는다. 도대체 하나님에게 왜 기도하느냐고? 인간들의 삶이 죽거나 말거나 방치되고 있는데 하나님에게 왜 기도하느냐고? 바쁘신 하나님이 기도 소리를 듣기나 하겠냐고? 간절하게 기도하면 어쩌다가 하나님도 기도 소리를 듣기도 하겠지. 죽기 살기로 기도를 열심히 하면 기도 소리가 시끄러워서라도 한 번쯤은 들어주겠지. 그래서 어쩌라고? 하나님에게는 기도 소리를 듣고 안타까워하면서 보듬어 줄 수 있는 시간이 없을 거야. 확실해. 하나님이 얼마나 바쁜데 하나님을 찾아서 어쩌자고? 찬희는 하나님에게 많이 실망해 봤다고 생각하기 때문에 하나님에게 기도하지 않는다.

선행표적항암 치료가 종료되고 암세포 조직검사의 결과가 나왔다. 왜 불안한 생각은 예외 없이 잘도 적중되는가? 찬희와 숙영의 불안한 마음을 비웃기라도 하듯 조직검사의 결과는 완전 관해가 아니고 1㎜ 정도 크기의 아주 작은 암세포가 남아 있다.

아무리 작아도 남아 있는 암세포는 완전 관해가 아니다. 수술을 해야만 한다. 임 교수와 수술 일정을 잡는다. 임 교수의 집도로 암세포가 있었던 부위 전체를 제거한다.

예방 차원으로 겨드랑이의 임파선도 제거한다. 임 교수의 암수술을 마친 후, 항암 주사 치료 전문의인 안 교수의 진료실로 다시 간다. 안 교수는 설명한다.

"암세포가 남아 있으니 다른 약으로 치료를 해야겠습니다. 선행표적항암 치료 때는 '허주마'라는 약을 사용했는데 이번에는 다른 약인 '켑사일러'를 써야 하겠습니다."

"기간은 어느 정도 걸리는가요?"

"지난번과 동일한 방법으로 3주에 한 번씩 12회 동안 '켑사일러'를 주사하게 됩니다. 남아 있는 허투 암세포를 완전하게 없애 버려야 합니다."

"다시 항암 주사 치료를 추가해서 항암 치료 기간이 36주간 더 필요하다는 말씀이신가요?"

"그렇지요. 최소한 36주입니다. 방사선 치료는 매주 1회씩 8회를 치료하시면 되겠습니다."

"그렇게 치료를 다 하고 나면 완치될까요?"

"암에 대해서 완치란 말은 없습니다. 유방암의 경우에는 5년 이상의 생존율이 98.2% 정도 됩니다. '허투'나 악성이라고 알려져 있는 '삼중음성유방암'의 경우에도 생존율이 50% 이상이 됩니다."

"그렇다면 아내의 경우에는 80% 이상의 생존율 정도는 기대해도 될는지요?"

"확률의 문제이니 기대해도 될 것 같습니다."

"죽고 사는 것이 0% 아니면 100%인데 확률이라는 용어를 병원에서 자주 듣게 되니 거북하긴 하지만 의미는 이해할 수 있습니다."

확률이라니?

찬희는 의사가 통계적인 수치를 말하는 것이 이해하기 어렵다. S병원의 의사들은 대부분 교수의 직함을 가지고 있다. 의사들은 박사 혹은 의사라는 칭호보다 교수라고 불리는 것을 더 좋아하는 것 같다.

통계적인 분석은 의사들의 학자적인 관점에서는 틀릴 게 없는 과학적인 분석이다. 치료 후에 의사와 환자 사이에서 분쟁이 발생할 경우를 대비하려면 사전에 정확하게 통계적인 설명이 필요할지도 모른다.

유방암 환자를 눈앞에 두고 '당신은 5년 이상 생존율이 98.2%입니다.'라고 하면 통계를 모르는 환자의 입장에서는 '내가 앓고 있는 암은 수술을 하고 항암 치료를 다 끝낸 후에도 7.8%는 죽어야 한다는 뜻인가? 그렇다면 내 유방의 7.8%를 잘라 내면 되나? 그게 아니라면 내 몸의 어느 부위가 약간 죽는다는 의미인가?'라는 말도 되지 않는 의문을 가질 수도 있게 된다.

환자 한 사람만을 두고 보면 설명이 전혀 달라져야 한다. 환자의 입장에서는 통계적인 확률의 문제가 아닌 둘 중에 하나다. '죽지 않으면 살 수 있다.'라는 의미일 뿐이다. 통계적 수치는 아무런 의미가 없다. 의사가 환자에게는 통계적 확률을 정량적으로 말하는 것보다는 가슴에 와닿는 정성적인 말로 환자를 이해시키고 안심시키는 게 더 효과적일 것이다.

찬희는 입 속에서 중얼거린다. '유방암 정도는 이제 병도 아니에요. 의사가 지시하는 대로 치료를 잘 하시면 건강을 회복하실 수 있어요. 대부분의 유방암 환자들이 회복하고 있어요. 10명에 9명은 괜찮아집니다.'라는 말이 좋을 것 같다.

안 교수의 설명이 계속된다.

"그런데 이번 치료는 저희 병원에서는 안 될 것 같습니다. 이번에 사용하게 될 '켑사일러'는 건강보험이 적용되지 않아요. 건강보험이 적용되는 분당에 소재한 C병원을 소개해 드리겠습니다."

"네~?"

유방암 검진을 받고 치료를 하는 동안에 의사들은 찬희와 숙영을 여러 번 놀라게 한다. 치료 자체의 어려움보다도 의료 제도와 시스템 때문에 더 큰 어려움을 겪어야 할 것 같다. 환자 때문이 아닌 의료 제도 때문에 병원을 바꿔 가면서 치료를 해야 한다. 그래도 건강보험을 적용할 수 있도록 먼저 생각해 주는 안 교수의 고마운 마음이 느껴진다. 찬희는 안 교수의 치료 방법이 옳고 그른지를 판단할 수 있는 방법이 전혀 없다. 다만 안 교수의 걱정해 주는 말 한마디가 고맙게 들린다.

환자들은 치료 방법에 대한 결과는 같더라도 환자의 입장에서 어려운 점들을 미리 설명해 주기를 원한다. 말 한마디로 고품질이 의료 서비스를 실현할 수 있는 방법임을 대부분의 의사들은 잘 모르는 것 같다.

두 번째 항암 치료

찬희와 숙영은 S병원에서 발행한 치료과정에서의 기록된 자료들과 안 교수의 소개서를 지참하고 분당의 C병원을 찾아 간다. 찬희와 숙영은 서울에서 거주하고 있다. C병원은 서울에 있는 S병원으로 통원하는 것보다 교통이 훨씬 불편하다. 교통이 불편한 분당으로의 통원 치료를 36주간 감수해야 한다.

찬희는 더욱 더 숙영의 치료에 올인해야만 한다. C병원의 민 교수는 찬희와 숙영을 만나자 마자 환자의 상태를 묻지 않고 다짜고짜 민 교수 자신의 생각을 설명한다.

"S병원에서 '켑사일러' 치료약을 추천하셨네요?"

"네."

"'켑사일러'와 동일한 기능과 성능이 있는 새로 나온 약이 있습니다. 원하시면 이 약으로 치료를 해 보시면 어떨까요?"

"네~? 저희는 다른 치료방법을 전혀 생각해 보지 않았는데요?"

"새로 나온 약을 사용하시면 치료비도 정부에서 부담합니다. 많은 환자들이 치료를 하고 있습니다."

"네? 저희들은 어떤 암 치료약들이 있는지 전혀 모릅니다. 암 치료약들에 대해서 어떤 장단점이 있는지도 모릅니다. 치료약을 바꾼다는 생각을 전혀 해 보지 않아서 어떻게 결정해야 할지 전혀 알 수가 없습니다."

"인터넷에도 신약에 대해서 잘 나와 있어요. 한 번 더 생각해 보시고 진료일자를 다시 정하시기로 하시지요. 다음 진료 때 신약으로 치료하실지 여부를 결정하시지요. 밖에 나가시면 간호사가 진료일자를 다시 예약해 줄 겁니다."

"네. S병원 안 교수님에게 문의해 본 다음에 결정하겠습니다."

"네. 그렇게 하세요."

찬희와 숙영은 진료실에서 쫓겨 나오다시피 한다. 찬희와 숙영은 귀신에게 홀린 것 같은 기분이다. 마치 환자를 처리하는 회전율만을 생각하는 것 같은 느낌이다. 온라인 쇼핑 하듯이 항암 치료약을 인터넷을 보고 선택하라고 종용하는 듯한 느낌이다. 항암 치료약을 마치 TV 한 대 사듯이 인터넷으로 알아보라고 하는 의사의 태도를 이해하기 어렵다.

물론 민 교수는 그런 의미로 말하지 않았음을 잘 알고 있다. 그러나 환자에게 설명할 시간이 없다고 해서 유튜브에 올라가 있는 민 교수의 암 설명을 듣고 공부해 오라는 식의 대화 방법은 환자들의 마음을 아프게 한다는 사실을 알아주면 좋을 것이다.

귀가 도중에 정신을 차리고 곰곰이 생각한다. 이건 또 뭔가? 찬희는 유튜브로 민 교수를 검색한다. 깔끔하게 차려입은 민 교수가 유방암에 대해서 상당한 수준까지의 원인과 치료방법에 대해서 설명하고 있다. 암환자들이 보면 어느 정도는 이해할 수 있을 정도로 친절하고 상세하게 설명하고 있다.

찬희는 민 교수의 유튜브를 들으면서 생각한다. 유튜브에서 설명하는 내용을 5분가량 잠깐 들으면 암환자들이 암에 대해서 이해를 하고 안심하고 치료를 받을 수 있는 수준이 될까? 어림도 없는 일이다. 찬희는 병원의 행태에 대해서 항의할 수는 없지만 불만을 생각한다. 병원에서 일어나는 일들이 모두 환자의 입장은 개무시하고 병원과 의사의 입장만을 우선시하는 풍토인 것 같다.

찬희와 숙영은 의사들의 바쁜 일과를 생각하고는 의사들을 이해하기로 한다. 환자는 항상 "을"이기 때문이다. 흔히 하는 말로 '빽'을 쓰든지 돈을 써야 "을"을 탈피하고 "갑"의 대우를 받을 수 있을지 모르겠다.

신약에 대한 연구 자료 확보를 위한 의사들의 고충은 이해할 수 있다. 그러나 사람의 목숨을 놓고서 임상실험을 해야 하는 경우에는 환자가 불신하지 않도록 매우 조심해서 신뢰감을 가질 수 있도록 설명해야 할 것이다. 찬희가 숙영에게 의문을 말한다.

"내 생각에는 민 교수는 안 교수가 추천한 이유에 대해서 별 생각 없이 '쳅사일러'라는 암 치료약 이름만 보고서 동급으로 생각하는 신약을 실험해 보려는 생각인 것 같은데 당신 생각은 어때?"

"그렇지? 나도 그렇게 생각해."

"다른 병원에 있는 안 교수가 믿고서 지정한 치료약을 무시하고, 민 교수가 기능과 성능이 같다고 해서 자기 편의대로 다른 신약을 강권하다시피 권유해도 괜찮을까?"

"어리벙벙하지만 그건 아닌 것 같아. 나도 당신 생각과 같아."

"안 교수가 암 치료약을 쳅사일러로 결정하고 추천할 때는 그만한 이유가 있었다고 생각하거든."

"치료약을 안 교수가 추천한 처방대로 치료하자고 요구하는 게 옳을 것 같아."

"안 교수가 추천한 방법을 믿기로 해요. 안 교수가 S병원을 주장하지 않고서 C병원을 추천한 것은 민 교수라는 의사 때문이 아니잖아. '켑사일러' 치료약 때문이고 환자의 형편을 생각해 주는 건강보험 적용 여부 때문이잖아."

"맞아. 당신 생각대로 안 교수를 믿을 수 있으니 안 교수의 추천대로 해요."

"아무리 생각해도 민 교수의 설명은 환자를 먼저 생각하는 게 아닌 것 같아서 화가 나려고 하네."

"그렇다고 해서 화는 내지 말아요. 당신이 화를 내게 되면 나한테만 손해야. 지금 민 교수에게 전화할 테니 차를 돌려서 다시 C병원으로 가요."

"알았어요."

찬희는 차를 유턴해서 다시 C병원으로 간다. 검진 신청을 다시 한다. 조금 전에 검진한 내용을 확인하려고 한다고 했는데도 간호사는 검진 접수를 다시 하라고 톡 쏘다시피 말한다. 뜨악한 마음이지만 어쩌겠는가. "갑"이 하는 말이기 때문에 하는 수 없이 접수를 다시 한다. 적은 돈이지만 접수비용이 다시 들어간다. 기분이 좋지 않지만 스스로 마음을 달랠 수밖에 없다.

찬희와 숙영은 민 교수의 신약 치료 제안을 거절하고 S병원의 안 교수가 추천한 '켑사일러'로 치료를 계속하기로 결정한다.

두 번째의 항암 치료를 분당의 C병원에서 시작한다. 고통을 참는 숙영의 신음 소리는 찬희에게도 고통이 된다. 한 번도 힘든 항암 치료 과정을 다시 반복해야 한다. 항암 치료 기간도 선행표적항암 치료 기간보다 훨씬 오래 걸린다.

분당 C병원에서 다시 36주라는 긴 시간 동안 항암 치료를 계속한다. 항암 주사를 맞고 2주차에는 극심한 고통이 따르는 것은 수술 전에 치료했던 항암 주사와 거의 유사한 수준이다.

숙영은 다른 암환자들 보다 2배가 넘는 기간 동안 항암 치료와 방사선 치료를 받는다. 이건 사람을 치료한다는 것보다 사람을 아예 잡는 수준이다.

숙영의 건강 회복을 위한 의지가 매우 강한 것은 매우 다행스러운 일이다. 그러나 숙영의 회복하고자 하는 의지와 관계없이 입으로 흘러나오는 신음 소리는 찬희를 밤새우게 한다. 숙영이 힘들어할수록 찬희도 점차 지치기 시작한다.

서울에서 분당의 C병원으로 통원 치료하는 것은 불편함이 많이 따른다. C병원의 접수와 검진 및 치료와 수납에 이르기까지의 행정업무 과정도 S병원에 비하여 부족해 보인다. 여러 면에서 환자를 불편하게 기다리게 하는 시간이 많고 시설 또한 부족한 면이 많다. 병원의 전체적인 분위기가 어두운 느낌이다. 치료비용은 서울 S병원이나 별 차이가 없이 오히려 높아 보인다.

분당 C병원에서 36주 동안의 항암 치료를 마친 다음에는 다시 서울 S병원에서 6개월마다 한 번씩 CT검사를 통해서 혹시라도 암세포가 다시 성장하지는 않는지 검사하게 된다.

암 전문 요양원

찬희와 숙영은 분당 C병원에서 항암 치료를 받는 동안에 암투병에 도움이 될 수 있는 암 전문 요양원을 찾는다. 강남 쪽에는 경찰병원 부근과 하남에 소문난 요양원이 있고, 멀리는 속리산에도 공기 좋고 경치 좋은 곳에 요양원이 있다고 한다.

둘이서 함께 소문 난 요양원을 모두 직접 방문한다. 가는 곳마다 요양원 상담사의 첫마디는 '입원할 건가요?' '실비보험은 들어 있나요?' '음, 이 정도면 1년에 5천만 원 정도는 사용할 수 있겠군요.' 등의 말이 대부분이다. 돈을 먼저 따져 보고 난 다음에 환자의 치료 방법과 입원치료 여부를 결정하는 듯하다.

기가 막힐 노릇이다. '요양원은 환자들의 등골을 빼먹는다.'는 소문이 사실 여부에 관계없이 찬희와 숙영의 마음을 더 많이 아프게 한다.

암환자들의 투병 의지를 약화시키는 가장 큰 요인은 항암 치료 과정 중에 견뎌야만 하는 극심한 고통일 것이다. 그나마 다행스러운 것은 항암 치료 기간 동안 나타나는 통증이나 구토를 약화시키는 치료를 요양원에서 병행할 수 있다.

암전문 병원의 의사들은 말한다. 암 수술과 항암 치료를 마치고 나면 그다음은 집에서 정상적인 생활을 하면서 기다리기만 하면 된다는 식으로 간단하게 말한다. 먹는 음식도 가릴 것 없이 맛있는 음식을 먹으라고 한다.

단, 한약은 먹지 말라고 한다. 한약은 간에 무리를 주기 때문에 암 치료에 방해가 된다고 한다. 믿어야 할지 모를 일이다. 요양원에도 가지 말라고 권유한다. 요양원에서의 부가적인 의료 행위는 별 소용이 없다고 한다.

그러나 환자의 입장에서는 고통을 견디기 위해서라도 대부분 요양원에 가게 된다. 갈 수밖에 없다. 요양원에서의 보조 치료비용은 상상을 초월할 정도로 많이 든다. 많은 암환자들은 요양원에 입원조차 해 보지도 못하고 고통 속에서 허덕이다가 생을 마감하는 경우가 많다.

실비보험에 가입해 둔 환자의 경우에는 요양원에 입원하기가 수월하다. 본인 부담은 10~20% 정도이고 그 이상은 보험으로 처리될 수 있기 때문이다.

찬희와 숙영은 불행 중 다행이라고 생각한다. 항상 가족력을 걱정하던 숙영은 오래전에 실비보험을 가입했다. 보험의 덕분으로 경제적인 걱정을 하지 않아도 된다는 것은 암 투병 생활 중에서도 큰 위로가 될 수 있다. 숙영은 '남편보다도 더 믿을 수 있는 것은 보험이다.'라고 생각하기에 이른다.

찬희와 숙영은 여러 곳의 요양원들을 방문하고 상담을 진행한다. 마지막으로 찾은 곳이 강남 문정동에 있는 D요양원이다. 병원도 깨끗하고 특히 통원 치료가 가능하다. 숙영이 마음에 들어 한다.

두 여자

D요양원에서는 암세포의 성장을 억제할 수 있는 '압노바 비스콤'으로 매주 2회씩 기본적인 치료를 진행하면서, 기존의 세포를 강화하여 면역력을 올리기 위해서는 '싸이모신 알파'를 매주 주사하고, 건강을 회복할 수 있는 기본적인 치료를 진행할 것이라고 한다.

찬희와 숙영에게는 무엇보다도 통원 치료를 할 수 있는 요양원을 찾을 수 있어서 다행이라고 생각한다. 찬희는 숙영의 통원치료를 위하여 매 주 2회씩 D요양원으로 이동해야 한다.

찬희는 다른 활동을 전혀 할 수 없다. D요양원에서는 면역주사, 건강을 유지할 수 있는 약들과 항암 치료로 인한 통증을 완화시킬 수 있는 약들을 처방한다.

그러나 이런 처방들은 통증을 일시적으로 약화시킬 수는 있지만 통증을 없앨 수는 없다. 3주마다 반복되는 일주일 동안의 통증은 피할 수 없는 지옥 같은 고통이다. 숙영은 너무 많이 아프다. 참고 견디기가 어려울 정도의 고통이다. 차라리 지옥이 덜 고통스러울 것이란 생각까지 하게 된다.

간호 초보자

찬희는 암환자를 간호해 본 적이 없다. 가족을 간호해 본 적은 더욱 없다. 숙영의 투병 생활을 간호할 수 있는 사람은 남편인 찬희밖에 없다.

찬희에게는 숙영의 건강을 유지할 수 있도록 음식을 만드는 것이 가장 중요하지만 동시에 가장 어려운 일이기도 한다. 수술 전에 선행표적항암 치료를 할 때 이미 한 번 겪어 본 일이지만 역시 환자의 입맛에 적응할 수 있는 음식을 만들기는 어렵다.

찬희는 이런 저런 음식 만들기를 즐겨 한다. 맛있게 칭찬을 받을 수 있는 정도로 요리 솜씨가 어느 정도 있다. 맛있는 밥이 되도록 물 조정을 잘하고 밀가루 반죽을 옛날 할머니 식으로 만들어서 수제비를 잘 끓일 수 있으며 칼국수도 직접 만들 수 있다. 김치찌개, 두루치기, 부대찌개를 기가 막히도록 맛있게 요리할 수 있다. 평상시에도 부엌에서 요리하기를 즐겨하고 아내가 원하는 대로 요리를 해 보려는 시도를 하기도 한다.

그러나 찬희는 암환자를 위한 음식에 대해서는 알지 못한다. 숙영은 찬희에게 요구한다. 암환자가 즐겨 먹을 수 있는 음식들을 미리 조사해서 요리를 해 달라고 요구한다. 찬희는 인터넷이나 책자를 통해서 암환자에게 도움이 될 수 있는 이런저런 식재료들을 마트에 가서 구입하고 요리한다.

그러나 며칠이 지나지 않아서 찬희가 준비하는 음식에 대한 숙영의 불만이 시작된다. 숙영은 도저히 못 먹겠다고 한다. 목으로 넘어가지 않는다고 한다.

암환자들이 먹을 수 있는 음식은 그다지 많지 않다. 아내 숙영의 주장을 찬희는 이해할 수도 반대할 수도 없다. 환자가 옳다고 하면 옳은 것이다.

숙영은 탄수화물, 단백질, 지방이 많은 음식을 절대 피해야 한다고 주장한다. 맵고 짜거나 단 음식은 절대 금지다. 밥도 백미는 금지되며 현미만먹어야 한다. 찬희는 까칠한 현미밥을 이 세상에서 가장 맛없는 음식이라고 단언한다.

두 여자

단백질을 보충하려면 기름기가 전혀 없는 안심 살코기를 다져서 소금기 없이 삶아서 먹는다. 도저히 먹을 수 없는 세상에서 가장 맛없는 요리이다. 가격이 비싼 안심 살코기를 최악의 맛으로 바꾸어 먹어야 한다. 그나마 먹을 수 있는 음식들인 야채와 생선들조차도 찌거나 삶아서 소금기 없이 그냥 먹는다. 누가 이걸 음식이라고 맛있게 먹을 수 있을까?

찬희는 두부를 재료로 하는 음식을 여러 가지 형태로 요리해 보지만 결국 소금기가 없으니 맛이 있을 리 없다. 그나마도 굽거나 기름에 튀기면 안 된다고 한다. 정말 숙영이 먹을 수 있는 음식이 없다. 억지로 살기 위해서 체중을 유지하기 위해서 아무런 생각 없이 그냥 먹을 뿐이다.

보통 사람들이 즐겨 먹는 음식들은 암환자들에게 대부분 금지하는 음식들이다. 암환자들이 먹을 수 있는 몇 가지 남지 않은 음식들조차도 양념 없이 찌거나 삶아서 먹어야 한다니 거의 굶어야 하는 수준이다. 그래서 암환자들은 살이 빠지는 것이라고 찬희는 생각한다.

언젠가 울산에 있는 문수사라는 절에 가서 점심공양을 무료로 얻어먹었던 적이 있다. 절 음식 역시 고기류가 전혀 없는 순수한 야채류 음식이다. 그렇지만 사찰 음식은 양념을 적당히 하기 때문에 오히려 맛이 있다. 고춧가루를 쓰지 않을 뿐이다. 담백한 맛이다. 아내 숙영이 먹는 음식에 비하면 천상의 맛이다.

그래도 먹기에 조금 편한 음식이 있다면 생야채이다. 생야채는 요리를 하는 게 아니고 예쁘게 잘라서 접시에 데커레이션만 하면 된다. 간단하게 말한다면 야채를 물에 씻어서 올리브유로 드레싱하는 게 전부다. 음식이라고 하기에는 좀 어울리지 않는다. 야채는 주식을 보조할 수 있는 좋은 음식일 뿐이다.

삶은 야채를 반찬으로 몇 번 준비해 봤지만 역시 매끼를 연속해서 먹기에는 힘이 든다. 간장, 소금, 고추장, 고춧가루 등의 익숙한 양념들을 거의 사용하지 않으니 맛이 있을 리 없다. 며칠 동안 계속 먹으니 속이 울렁거릴 정도가 된다. 찬희는 숙영이 맛있게 먹을 수 있는 음식을 준비할 수 있는 방법이 없다. 한계를 느낀다.

찬희는 숙영의 불만을 이해한다. 찬희는 자신이 만든 음식을 먹어 봐도 도저히 먹을 수가 없을 정도다. 찬희는 어차피 숙영이 먹지 못하는 음식 만들기를 피하기 시작한다.

아내 숙영의 불만이 조금씩 늘어난다. 찬희는 음식을 요리하지 않은 채 들게 되는 숙영의 원망을 감당하기로 마음먹고 음식 준비를 소홀히 한다. 숙영이 음식 준비를 해 달라고 해도 못 듣는 척하기 시작한다. 찬희는 요리를 하지 않음으로 해서 듣는 원망의 횟수가 요리를 함으로써 듣게 되는 불만의 횟수보다 훨씬 적다는 사실을 알게 된다.

찬희는 점차 음식 장만을 하지 않게 되고 설거지랑 쓰레기 버리기, 청소 등을 계속 담당한다. 숙영은 힘들지만 음식을 계속 요리하게 된다. 찬희는 아내 숙영이 요구하는 요리를 '할 줄 모른다'라는 핑계로 애써 모르는 척하기도 한다.

두 여자

비건 음식

생식족과 비건족들이 확산되고 있다. 비건족은 채식주의자들이다. 유명한 연예인들 중에도 비건족들이 많다고 한다. 비건 전문식당들이 번창 중이다. 야채만 먹고 사는 사람들은 암이 적게 걸린다는 통계가 있다고 한다.

찬희는 아내 숙영이 맛있게 즐겨 먹을 수 있으면서도 맵거나 짜지 않고 3대 영양소가 아닌 음식으로 체중을 유지할 수 있는 요리가 어떻게 존재할 수 있는지 이해가 되지 않는다.

찬희와 숙영은 유명한 비건 전문 음식점을 찾는다. 살이 찌면 절대 안 되는 '살과의 전쟁'을 벌이는 연예인들도 자주 찾는다는 소문난 곳이다. 예약 손님 이외에는 받지 않는다. 청와대 옆에 있는 비건 전문점이다.

비건 음식점의 요리사와 일하고 있는 분들의 자부심도 대단해 보인다. 음식점에 들어오는 고객들도 매우 점잖고 예의바르며 말도 크게 하지 않고 소곤소곤 대화를 나눈다. 찬희와 숙영은 눈치를 보면서 괜히 어깨가 살짝 움츠러들 정도다.

예약 순서대로 자리를 잡고 앉아서 잠시 기다린다. 주문한 음식이 나온다. 멋진 데커레이션이다. 사진을 찍고 싶은 마음이지만 환자인 숙영 앞에서 경망스럽게 보일까 봐 포기한다. 야채를 위주로 하는 요리들은 생각보다 분야가 다양해 보인다. 다양한 음식들이 나온다. 찬희는 비건 족들이 좋아할 만한 음식들이라고 생각한다.

찬희는 비건 음식을 한 입 두 입 먹기 시작한다. 맛이 있다. 비건족이 아니라고 하더라도 맛있게 먹을 수 있을 것 같다. 훌륭한 요리이다. 다양한 소스와 맵고 짠 정도가 아주 잘 어울린다. 찬희는 야채 중심의 비건 음식도 먹고살 만한 좋은 음식이라고 느낀다.

그러나 아내 숙영은 몇 점을 먹더니 수저를 놓는다. 양념이 많이 들어 있다고 불만이다. 맵지는 않지만 소금기가 많다고 한다. 소금기가 많이 들어가면 정상적인 세포보다도 암세포가 먼저 성장한다면서 질겁한다.

숙영의 음식에 대한 불만은 해결책이 없다. 숙영의 불만에도 불구하고 찬희는 숙영을 만족시킬 수 있는 대안이 없다. 암환자를 위한 요리를 하루 세 번씩 매일 365일 지속적으로 준비한다는 것은 너무 어렵다. 불가능하다.

심지어는 달콤하고 맛있는 배나 사과도 당분이 많다는 이유로 먹지 않으니 도대체 어떤 음식을 삼시세끼를 무기한으로 찾을 수 있을까?

치유 음식

의사들의 설명에 의하면 특별하게 피해야 할 몇 가지의 음식을 제외하고는 대부분 잘 먹어야 한다고 한다. 특히 단백질은 계속 먹어야 한다. 다만 과식을 해서 체중이 불어날 정도만 아니면 음식을 크게 가리지 않아도 좋다고 한다.

찬희도 이 말에 대부분 동의하지만 암투병 중인 환자 숙영은 생각이 전혀 다르다. 경험자들의 조언이나 인터넷 같은 곳에서의 소문들을 듣고서는 채식을 해야 한다고 주장한다. 숙영은 이러한 말들을 굳게 믿고 있다.

찬희는 환자인 본인이 고통을 극복하고 건강을 회복하고자 노력하는 의지가 강한 만큼 비례해서 음식을 엄격하게 가린다고 생각하니 숙영의 주장이 이해된다.

어떤 때는 아내 숙영이 배가 고픈데도 불구하고 제대로 먹지 못하게 되는 경우가 있다. 그러면 바로 살이 내린다. 찬희는 안타깝기만 하다.

숙영이 먹을 수 있는 음식은 현미밥 두세 숟갈과 양념이 들어가지 않은 약간의 삶은 생선과 채소가 전부다. 정상적인 사람도 먹지 못할 수준이다. 음식은 찬희와 숙영 모두에게 스트레스다.

어느 날 숙영이 훌쩍거리면서 불평을 말한다. 숙영은 건강을 회복하기 위해서 무조건 많이 먹으려고 노력하는데 남편인 찬희의 협조가 부족하다고 하소연한다. 숙영은 배는 고프지만 제대로 못 먹고 있으니 잘 먹을 수 있는 음식을 찬희가 알아서 준비해 주기를 원한다.

찬희는 머릿속이 하얗게 탈색된다. 찬희는 암환자들에게 유익한 치유 음식들이 존재할 것으로 생각한다. 그렇지만 아내 숙영의 주장을 수용하기에는 찬희에게 너무 어렵다. 결국 숙영의 요구를 애써 모른 척하는 횟수가 증가한다.

찬희는 간혹 숙영과 함께 마트에 가서 먹거리를 구입하고 숙영이 요구하는 대로 음식을 만들어 보기도 한다. 그러나 찬희 스스로 알아서 재료를 준비할 수 있는 음식은 하나도 없다는 사실을 이미 알고 있다.

찬희와 숙영이 함께 마트에 가서 숙영이 원하는 재료를 구입하더라도 암투병에 유익한 먹거리를 구한다는 것이 쉬운 일이 아니다. 암투병에 유익한 식재료를 구한다는 말 자체가 말이 되지 않는다. 환자 본인도 구하기 어려운 것을 남편인 찬희가 알아서 구한다는 것은 더욱 어려운 일이다.

취업 반대

찬희는 1년 이상 계속되고 있는 아내의 투병 생활을 보조하고 간호하는 생활에 지쳐 가고 있다. 어느 날 밤, 아니 새벽인가. 전화 벨소리에 깜짝 놀라서 잠에서 깬다. 아내 숙영으로부터 전화가 온다. 잠을 자던 찬희는 아내 숙영이 있는 안방으로 번개같이 달려간다.

"왜? 어디가 많아 아파?"

"아니. 안 아파."

"그런데 왜?"

"할 말이 있어."

"잠자다 말고 새벽에? 무섭다."

"응? 밤새 생각해 봤는데 당신 지난번에 취업하려고 당진인가 충청도 어딘가에 가서 면접하고 왔었잖아."

"당신이 안 된다고 반대해서 내가 바로 포기했었잖아?"

"알고 있어. 미안해."

"그때를 생각하면 좀 황당하긴 해. 면접하려고 회사 대표실의 문을 열고 들어가려는 순간에 당신 전화를 받았잖아. 당신은 그때 '제발 취업하지 말라'고 했잖아. 그래서 난 취업을 포기했었고."

"알아. 당신 없이 하루 종일 집안에서 버틸 자신이 없어서 그랬어. 그래서 내가 요양원에 장기 입원할 생각도 해 봤거든. 당신도 숨을 쉬어야 살 수 있을 것 같아서 말이지."

"그런데?"

"그런데 서비스가 좋다는 요양원을 아무리 생각해 봐도 당신이 젤 편해. 다른 암환자들 하고 함께 생활하게 되면 병이 더 심해질 것 같고, 모르는 사람에게 온몸을 맡기는 것도 끔찍할 것 같아. 감옥이나 다를 게 뭐야?"

"응 당신 말을 이해하고 있어."

"힘들어도 당신이랑 집에서 투병 생활을 해야 더 잘 나을 것 같아. 그래서 당신한테 너무 미안하지만 취업할 생각은 하지 않으면 좋겠어."

"알았어. 너무 신경쓰지 말고 잠이나 자도록 하자. 이미 포기하고 있었어. 걱정하지 마."

"다른 사람하고 같이 있는 거는 피곤해. 당신이랑 있는 게 편해서 그래."

"알았으니 걱정 마요."

찬희는 숙영에게 제대로 된 간호를 하지도 못하고 입맛에 맞는 음식을 준비해 주지도 못하는데도 불구하고 아내 숙영은 남편 찬희가 편하다고 한다. 숙영은 남편인 찬희를 항상 옆에 두고자 한다. 찬희는 힘들지만 말로는 전혀 내색을 할 수 없다.

환자인 아내가 얼마나 불안하면 이렇게까지 남편에게 의지하려고 할까라는 생각에 아내에게 찬희 자신이 느끼는 고충을 표현하지 못한다. 오히려 코끝이 찡해지고 눈가에는 살짝 눈물이 비치려고 한다. 천정을 한번 쳐다보고 숨을 한 번 몰아쉰다. 환자인 아내는 견딜 수 없을 것 같은 고통을 견뎌내고 있다. 찬희는 아무리 힘들고 스트레스가 많더라도 환자보다 더 심하지는 않을 것이니 참고 견뎌야 한다고 생각한다.

세 번째 직업 만들기

찬희는 술이나 담배를 하지 않는다. 그래서 스트레스를 잘 풀지 못한다. 찬희는 스트레스가 있을 때는 산을 오르거나 자전거를 탄다. 강력한 운동으로 몸을 혹사시키면서 스트레스를 푼다. 바깥 활동이 귀찮으면 소설책을 읽는다. 책을 읽거나 연구를 할 때면 몰입하기가 용이하기 때문에 스트레스를 잠시라도 잊을 수 있다.

찬희는 이런저런 자료를 보다가 탄소제로를 위한 세계적인 노력인 RE100 운동 방향에 대한 국제적인 과제의 심각성을 이해하게 되고 신재생 에너지 관련 분야가 미래의 전망 좋은 사업이 될 수 있음을 이해하게 된다.

찬희는 신재생에너지 관련 분야 중에서도 태양광 에너지에 관한 자료를 읽는다. 첨단 기술 분야이다. 관심이 간다. 미래가 밝아 보인다. 이명박 정부와 박근혜 정부 때부터 본격적으로 시작했다.

문재인정부에서 태양광 에너지 사업에 대한 사건·사고로 인한 부정적인 시각이 다소 확대되고 있어서 다소 주춤거리는 현상을 보이고 있다. 특히 산이나 임야에 설치할 수 있는 태양광시설은 거의 금지되다시피 하고 있다. 태양광 업체들의 퇴출도 많이 일어나고 있다.

그러나 세계적인 추세를 볼 때 한국에서도 태양광 에너지 사업의 미래는 밝을 것이라는 생각이다. 특히 건물 일체형 태양광이란 뜻인 BIPV의

시장은 이제 막 시작하고 있기 때문에 성장 가능성이 무궁무진할 것이란 생각이다. 찬희는 좀 더 공부해 보기로 한다. 운이 좋으면 세 번째의 직업을 얻을 수 있는 기회를 맞이할 수도 있지 않을까라는 기대를 한다.

찬희는 태양광 에너지 관련 자료를 읽어 보는 중에 좀 더 체계적인 이해를 하기 위하여 기사공부를 해 보기로 한다. 기사 수험서를 사 들고 보니 엄두가 나지 않을 정도의 두꺼운 책이 두 권이나 된다.

찬희는 하루 종일 거의 외출을 하지 못한다. 아내 숙영을 간호해야 하기 때문이다. 스트레스가 상당히 많아질 수밖에 없다. 공부할 내용이 많으니 오히려 다행이라고 생각한다. 그만큼 스트레스를 날릴 수 있기 때문이다.

찬희를 알고 있는 지인들의 일부는 박사학위를 가지고 있으면서 대학교 교수까지 역임했는데 새삼스럽게 기사시험을 왜 공부하느냐고 하면서 이해하지 못하기도 한다. 또 다른 지인들의 일부는 이 나이에 기사공부를 시작하는 용기가 부럽다고도 한다.

찬희는 태양광 발전 기사 자격증을 취득하는 것이 뚜렷한 목표가 있다기보다는 혹시 나중에 도움이 될 수 있을지도 모른다는 막연한 생각과 함께 지식수준을 높이기 위해서 준비한다. 미래의 비전이 보이기도 한다. 이왕 공부하는 김에 자격증을 취득하는 것도 좋을 것이란 생각이다.

독립하여 자신들의 삶을 살고 있는 자녀들에게 아빠는 항상 공부하고 노력하고 있다는 본을 보일 수 있는 좋은 방법이기도 하다, 더군다나 박사학위는 대학교에서 이미 정년퇴직을 하였으니 더 이상 쓸모가 없게 된 마당이다.

공부한 양이 적었음에도 불구하고 운 좋게 1차 필기시험을 합격하고 2차 실습시험까지 무난하게 통과한다. 아마도 전국 최고령 합격자가 될지도 모른다. 찬희는 언제나 시험 운이 따른다고 생각한다.

찬희는 만족스럽다. 아내 숙영을 간호하면서도 공부를 할 수 있었고, 공부에 집중하는 동안 스트레스를 피할 수 있었으며 거기다가 덤으로 태양광 에너지 관련의 기사 자격증까지 취득할 수 있으니 일거양득이 아니라 일거삼득 이상의 효과라고 생각한다.

앞으로 살아가면서 어떤 또 다른 기회가 찬희의 눈앞에 나타날는지 모른다. 찬희에게 분명한 사실은 기사 자격증을 취득하는 과정에서 이미 많은 효과를 얻을 수 있었지만 찬희는 인생에 있어서 세 번째 직업을 찾을 수 있는 준비가 될 수 있기를 상상한다.

언니의 도움

숙영이 암투병을 시작한 지 만 1년이 지나가고 있다. 지옥 같은 항암 치료도 터널의 끝이 보이기 시작한다. 숙영은 건강을 회복하고자 하는 의지가 매우 강하기 때문에 고통의 기간을 참고 견뎌 내고 있다.

그렇지만 숙영으로부터 어느 날 새벽 부탁을 받아들였던 찬희는 마음과 온몸이 더욱 지쳐 간다. 탈출구가 전혀 보이지 않는다. 찬희는 숙영의 언니에게 부탁하기로 한다. 안부를 겸하여 전화를 건다. 찬희에게도 탈출구가 필요하다.

"처형, 잘 지내고 계시죠?"

"네. 제부. 요즘 고생이 많지요?"

"저보다도 아픈 사람이 더 고생이죠."

"며칠 전에 동생을 봤는데 꼴이 말이 아니던데 제부가 옆에서 고생하는 게 눈에 훤하게 보여요. 원래 환자보다 환자를 돌보는 가족이 더 힘들잖아요."

"네. 아내가 점점 더 약해지고 있는 것 같아 보여서 큰일입니다."

"동생도 동생이지만 제부의 건강이 걱정되기도 해요. 동생도 요즘 제부의 건강을 많이 걱정하고 있어요. 제부가 먼저 건강해야 동생도 건강해질 텐데요."

"네. 그래서 제가 직장에 다시 나가는 게 어떨까 싶어요. 직장에 가서 여러 사람들과 대화도 하고 일거리에 정신을 쏟기도 한다면 저의 정신건강이 좋아질 것 같아요. 제 마음이 편해야 저의 건강도 좋아질 것이고 아내의 건강을 정성스럽게 돌볼 수 있을 것 같아요."

"맞아요. 나도 제부가 직장에 나가면서 동생을 간호하는 게 더 효과적일 것으로 생각하고 있어요. 문제는 동생이 제부한테 너무 의지하려는 마음이 심해서 제부가 직장에 나간다는 것을 인정하기 어려울 것 같아요."

"네. 그래서 부탁이 있는데요. 동생에게 말해서 내가 취업하면 동생에게 더 많은 도움이 될 거라고 말씀 좀 해 주시면 어떨까요? 앞으로 하루 이틀에 끝날 수 있는 간호가 아니잖아요. 어쩌면 남아 있는 평생을 간호해야 할지도 모를 일인데 제가 먼저 튼튼해야 할 것 같아요."

"제부가 튼튼해야 동생도 회복할 수 있는데 큰일이네요. 동생한테 뭐라고 하면 될까요?"

"제가 취업하면 동생에게 좋아질 것들을 미리 생각해 두셨다가 제가 취업해도 좋다고 말해 주라고 말해 주시면 고맙겠어요. 예를 들면, '남편인 제부의 신체적인 건강과 마음의 건강이 절대 필요하다. 그러기 위해서는 제부가 일주일에 며칠씩이라도 집안의 일을 신경 쓰지 않도록 바깥 활동을 할 수 있도록 풀어 주면 어떨까? 그러면 제부에게 스트레스가 쌓이지 않을 것이고 아내에게 간호를 더 정성스럽게 할 수 있지 않을까? 중요한 것은 제부의 스트레스 해소를 위해서도 취업이 많은 도움이 될 것이다. 제부가 취업을 해서 정신의 일부를 회사의 업무를 처리하면서 분산시킬 수 있게 한다면 아내를 돌볼 수 있는 건강을 유지하는 데 도움이 될 것이다.'라는 등의 내용으로 말을 전해 주시면 고맙겠어요. 실제로도 그렇고요."

"네. 그렇게 말해 볼게요."

"문제가 좀 있는데 제가 취업이 가능한 직장은 대부분 지방에 있어요. 취업을 하게 되면 주중에는 집을 비워야 한다는 사실이 마음에 걸리네요."

"제부가 직장 일로 집을 비워야 할 경우에는 내가 한 번씩 동생한테 가서 돌볼 수 있도록 할게요. 너무 걱정하지 마세요."

"정말 감사합니다. 제 처를 더 건강하게 만들어 볼게요."

"내 동생인데 같이 고생해야지요. 필요하면 대전에 있는 막내 동생에게도 연락해서 함께 방법을 찾고 동생의 고통을 분담할 수 있도록 해 볼게요."

"너무 고맙습니다."

홀로 연습 여행

아내 숙영이 암을 발견하기 한 달 전쯤이다. 찬희는 직장 생활을 은퇴한 다음에는 마음대로 여행하고 즐겁게 살 수 있을 것으로 기대했던 대로 자유로운 여행을 위한 준비를 한다.

찬희는 전국을 투어할 수 있도록 자전거를 새로 장만한다. 혼자서 여행 중에 언제든지 어디서든지 숙식을 해결할 수 있도록 가볍고 튼튼한 1인용 텐트, 버너, 코펠 등의 비품들을 준비한다.

찬희는 단독 자유여행을 연습하기 위한 목적으로 사전에 홀로 여행을 떠난다. 영월과 강릉을 경유하는 2박 3일 동안의 자전거 여행이다. 여행 도중에 숙박은 해질녘에 만날 수 있는 적당한 장소라는 것이 계획의 전부다.

한국의 웬만한 곳에는 팔각정들이 시설되어 있다. 마을 안에도, 마을 입구에도, 산마루에도, 산 고개에도, 들판에도, 강가에도 어디든지 팔각정 쉼터를 쉽게 찾을 수 있다. 팔각정은 매우 훌륭한 숙박 장소가 될 수 있다.

찬희는 팔각정을 활용하기로 한다. 팔각정에서 텐트를 치고 음식을 간단하게 조리해서 먹을 수 있다. 숙박할 수 있는 매우 훌륭한 곳이다. 성공적인 홀로여행의 예행연습을 위한 계획이다.

영월을 지나서 정선으로 가는 도중에 있는 산 중턱의 전망 좋은 곳에 외딴 팔각정 정자가 있다. 계곡 건너편에 있는 경사지에는 고랭지 배추가 멋들어지게 줄을 맞추어 잘 자라고 있다.

찬희는 팔각정에 텐트를 치고 하루를 숙박한다. 햇반과 국거리를 끓이고 미리 준비해 간 마른반찬으로 간단하게 하루 밤의 숙식을 해결한다.

홀로 사용할 수 있는 텐트는 모양이 길쭉하면서 마치 커다란 슬리핑 백 같이 생겼다. 노란 색이면서 상당히 예쁘다. 혼자서 산 속의 팔각정에서 하룻밤을 보내는 여행은 고생이지만 낭만이다.

밤하늘의 별들은 찬희의 가슴을 시원하게 한다. 서울의 밤하늘과는 차원을 달리 한다. 은하수도 보이는 맑은 하늘이다. 영혼의 자유로움을 느낀다.

찬희는 1인용 텐트 속에서 몇몇 지인들에게 홀로 자전거 여행에 관한 소식을 간단하게 카톡으로 전한다. 그들의 반응들이 다채롭다. 나이가 들어서 드디어 미쳤다는 친구들도 있고 오히려 하고 싶은 일을 즉시 실행할 수 있는 용기가 부럽다는 친구들도 있다. 상반되는 반응을 즐긴다. 홀로 여행은 자기만족이다. 자기만족은 건강한 생활과 정비례한다.

찬희는 다음 날 아침 일찍 일어나서 출발한다. 정선을 지나서 강릉까지 가야 한다. 지도를 보면서 1박을 해야 할 중간 장소를 태백산맥 줄기에 위치한 안반데기로 정한다. 태백산맥 줄기의 봉우리에 위치한 안반데기를 가려면 수십 ㎞의 오르막을 자전거를 타고 올라가야 한다.

완전 극기 훈련이다. 주위가 캄캄해 진 밤에 겨우 도착한다. 안반데기에서는 텐트를 칠 수 없다. 마을에서 금지한다. 안반데기에서 숙소를 구하지 못해서 쩔쩔매는 찬희는 운 좋게도 마음씨 좋은 중년의 마을 주민을 만난다. 배추 농사를 연구하는 인텔리 농부이다. 고랭지 배추밭 한쪽에 있는 컨테이너에서 하루를 묵을 수 있도록 안내를 한다.

두 여자

컨테이너 내부는 가정집같이 편안하게 잘 꾸며져 있다. 난방시설도 훌륭하다. 숙박비를 지불하려고 했더니 극구 사양한다. 아직도 시골의 인심은 푸근하기만 하다. 즐겁고 신나는 여행이고 기분 좋은 추억이다.

안반데기

안반데기는 가평 화악산의 쌈지공원과 양평의 벗고개와 함께 한국에서 은하수를 맨눈으로 관찰할 수 있는 3대 장소 중의 한 곳이다. 안반데기에서 가장 높은 봉우리에서 밤하늘을 올려다본다. 은하수가 이리저리 흘러다닌다. 멋지다. 어릴 적 금호강변에서 밤잠을 자다가 일어나 바라봤던 은하수와 비슷하다.

안반데기의 정상에는 수많은 풍력발전소들이 이곳저곳에 설치되어 있다. 하늘의 은하수를 배경으로 어마어마하게 높은 탑 위에서 엄청나게 큰 날개들이 돌아가고 있다. 날개들 사이로 수많은 별들과 은하수들이 숨바꼭질을 한다. 혼자서 즐기기에는 너무나 아까운 장관이다.

주위에는 어느새 수많은 커플들이 하늘을 쳐다보면서 은하수들의 흐름을 즐기고 있다. 젊은 커플들은 그들의 미래에 대한 꿈을 은하수와 얘기한다. 아직 한여름이 끝나지 않았지만 안반데기의 밤 기온이 뚝 떨어진다. 으슬으슬하게 춥다. 젊은 커플들은 담요를 둘둘 말아서 둘을 하나로 만들어 감싼다. 무척이나 따뜻하고 행복해 보인다.

수년 전에 캐나다의 알곤킨 주립공원에서 아내 숙영과 텐트를 치고 야영하면서 올려다보았던 별들과 은하수들의 황홀함이 생각난다. 하늘에서 은하수와 수많은 별들이 한꺼번에 쏟아져 내리는 듯하다. 양동이에 별들을 가득 담아서 한꺼번에 쏟아붓는 듯한 느낌이었다.

　캐나다 알곤킨 공원에서의 추억을 생각하면서 안반데기의 추억을 곱으로 만든다. 앞으로 살아가는 동안에 안반데기의 추억을 생각하면서 또 어떤 추억을 만들 수 있을까 궁금해진다. 찬희는 홀로 추억 속에서 추억을 만든다.

　찬희는 날이 밝은 다음 날 안반데기 봉우리에서 내려다본다. 이쪽 봉우리 저쪽 봉우리, 전후좌우 어디를 쳐다봐도 온 천지가 배추밭이다. 배추밭들이 끝도 없이 펼쳐져 있으며 싱싱하고 건강하게 잘 자라고 있다. 어마어마한 규모다.

　찬희는 배추만으로 장관을 이루는 경치를 처음 본다. 안반데기는 고랭지 배추의 대량 산지로서 전국적으로 유명한 곳이다. 매년 9월 초순이 되면 대부분의 배추들을 출하하고 일 년 농사를 마무리한다. 안반데기에서는 일 년에 농사를 한 번만 짓는다. 배추 이외의 농사는 짓지 않는다.

　안반데기에서 은하수를 실컷 즐기고, 어마하게 넓은 멋진 배추밭을 구경하고, 순박한 아저씨의 마음을 감사하면서 다시 자전거를 타고 강릉으로 이동한다. 멋지고 아름다운 홀로 하는 자유여행의 연습을 행복하게 성공적으로 마무리한다.

　　　　　　　　　　　　　　　　　　　　　　　　　두 여자

자유로운 삶

찬희는 자유로운 삶을 위해서 자전거 여행을 활용한다. 찬희에게는 몇 가지의 취미 생활이 있다. 등산, 약초채취, 그림그리기 등의 취미활동과 더불어서 자전거를 타는 것도 재미가 있다. 모두 육체와 정신적으로 건강과 직결되는 취미들이다.

그중에서도 특히 자전거 타기를 즐긴다. 수년 전에 전국의 국토를 종주했고 4대강을 주파했다. 최근에는 부산에서 시작하고 고성 통일전망대에서 마무리되는 동해안을 홀로 여행하기도 했다.

찬희에게 자전거는 자유를 의미한다. 하루 종일 자전거로 달리면서 땀을 흘리는 운동은 온몸을 상쾌하게 하고 신체를 건강하게 한다.

그러나 찬희는 강렬하게 희망하고 있는 자유로운 여행은커녕 자유로운 시간조차 가질 수 없다. 자전거를 타고 연습 여행을 마치고 돌아온 한 달쯤 후부터 찬희는 아내 숙영의 암투병 생활에 모든 시간을 투입해야만 하는 상황이 되었기 때문이다.

아내 숙영이 아프기 시작하고부터 찬희는 자전거를 창고에 넣어 둘 수밖에 없게 된다.

찬희는 아내 숙영을 간호하기 시작한 이후 지난 1년 동안 심신이 피폐해지고 있음을 느낀다. 찬희에게는 건강이 필요하다. 아내 숙영을 계속 간호하기 위해서는 무엇보다도 찬희의 건강이 우선적으로 필요하다.

1년 이상 오랫동안 자전거를 타지 않았더니 자전거 운동도 시들해 진다. 찬희는 집 주위에 있는 하천을 따라 매일 1시간 정도를 걷는다. 그러나 즐거운 마음으로 운동을 하는 것과 어쩔 수 없는 상태에서 건강을 유지하기 위한 노력으로 운동을 억지로 하는 것은 그 효과가 전혀 다르다. 온몸이 늘어진 상태에서 하천 둑을 걷기만 하는 운동은 별로 효과가 없는 것 같다.

생각 없는 단순하고 반복적인 운동 자체보다는 운동하는 즐거운 마음이 더 필요한 것 같다. 찬희는 육체적인 건강보다 정신적인 건강의 정상화가 먼저 필요하다는 것을 느낀다. 찬희는 마음의 건강 회복을 위한 수단으로 사회생활에 적극적으로 참여하는 것이 효과적일 것이라고 생각한다.

사회생활 중에서 가장 손쉬운 것이 직장에서 다시 일하는 것이다. 찬희는 잠시라도 집 바깥에서 규칙적으로 일을 하면서 간헐적인 자유로움을 느낄 수 있는 방법이 억지스러운 운동보다 훨씬 효과적일 것이라고 생각한다.

찬희는 더 이상의 직장 생활은 하지 않을 것이라고 큰소리를 치면서 은퇴를 하였지만 이제는 오히려 취업을 하려고 아내 숙영의 허락을 기다리고 있는 형편이다.

아내 숙영은 찬희가 취업하는 것을 극구 반대한다. 새벽에 일어나 잠자는 찬희를 깨워서 취업하지 말라고 애걸까지 할 정도이니 어쩌겠는가.

찬희는 숙영의 건강 회복을 위하여 올인하고 있는 상태에서 취업하고 싶다는 생각을 강하게 주장하지 못한다. 마치 숙영의 암투병 생활로부터

두 여자

회피하려는 것으로 잘못 비칠까 봐 두렵기 때문이다.

취업허가

찬희는 처형의 설득력에 일말의 희망을 가진다. 처형에게 부탁한 지 두어 달이 지난 가을의 어느 날 오후에 베란다의 햇살을 받으면서 조용한 클래식 음악을 듣고 있던 숙영이 찬희에게 한마디 툭 던진다.

"당신. 취직해요."

"엉? 갑자기 취직은?"

"당신 취직하려고 마음만 먹으면 취직은 금방 할 수 있어?"

"왜? 갑자기?"

"응. 생활비도 조금씩 모자라는 것 같고. 당신도 집에만 있으니 건강이 좋지 않은 것 같기도 하고. 나도 이제 조금씩 움직일 수 있을 것 같으니 이제는 당신이 집을 비워도 나 혼자 감당할 수 있을 것 같아."

"진짜야?"

"이제 항암주사가 끝났으니 아픈 것은 많이 약해졌어. 설사는 거의 없어졌고 두통은 약간 남아 있지만 약을 먹으면 견딜 만해. 그래서 당신이 취업해도 될 것 같은 생각이 들어."

"정말이지? 나 인터넷에 이력서 올린다. 나중에 다른 말하면 안 돼요?"

"응. 약속할게. 취업이나 해 봐."

"알았어."

"당신이 한 가지는 약속해야 돼. 직장 생활은 젊은 사람도 힘든데 당신이 직장 생활을 다시 한다는 것은 많은 어려움들이 있을 것 같아. 취업을 하더라도 힘들거나 스트레스가 조금이라도 생기면 직장을 당장 그만둔다는 조건이야. 당신이 받는 스트레스는 곧장 내게 되돌아오거든. 약속할 수 있어?"

"응. 약속할게."

"일주일에 3~4일간만 일할 수 있는 직장은 없을까?"

"당신이 원하는 입맛에 꼭 맞는 직장이 있을까?"

"그런 직장은 아마도 없겠지?"

"내가 사장이라고 해도 그럴 가능성은 별로 없을 거야."

"그래도 가능하다면 좋겠다."

"기회가 된다면 당신의 뜻대로 될 수 있도록 노력해 볼게."

찬희는 곧장 책상으로 가서 인터넷을 열고 '워크넷'에 이력서를 올린다. 찬희는 태양광 에너지 관련 업종 중에서 20여 개의 기업을 검색한다.

찬희가 인테넷에 이력서를 올린 회사들은 대부분 지방에 위치한 중소기업들이다. 대기업들은 대부분 젊은 사람들을 원한다. S전자에서 퇴직한 다음에 다시 M대학교에서 정년퇴직했던 찬희는 중소기업들을 대상으로 이력서를 제출한다. 대기업에서는 젊은 사람들이 넘쳐 난다. 그러나 중소기업에서는 구인란을 겪고 있다. 찬희와 같은 경력의 소유자들이 가지고 있는 노하우를 적절하게 활용할 수 있다면 중소기업들의 경영에 많은 도움이 될 수 있을 것이다.

오래전 1980년대 초반에 찬희가 S전자에 입사할 때쯤에는 대기업들도 기술과 노하우가 부족하던 시절이었다. S전자는 일본의 대기업에서 정년 퇴직한 사람들을 고문으로 대거 채용한 적이 있었다. S전자의 기술력은 일본의 퇴직자들을 활용하여 얻을 수 있게 되었다.

찬희는 같은 방법으로 국내의 중소기업에게 자신이 가지고 있는 기술과 노하우를 전수하고 사업에 활용할 수 있을 것이라는 확신을 가지고 있다.

찬희는 지난번에 한 번 사용했던 이력서를 조금씩 보완해서 올린다. 20여 군데에 이력서를 올리는 취업 활동의 총 시간은 30여 분가량이 걸린다.

"이력서 다 올렸어."

"벌써 취업 활동이 끝난 거야?"

"응."

"이제부터는 기다리기만 하면 되는 거야?"

"그럼. 아마도 오늘 자고 나면 내일쯤 몇 군데서 '어서 오십쇼' 하고 연락이 수두룩하게 올 걸."

"에이. 설마."

"이런! 남편을 뭘로 보고 그래. 낼 보자구."

"그래요. 낼 봐요."

"그런데 요즘 당신 얼굴색이 많이 좋아지고 표정도 많이 밝아진 것 같은데 좋은 일 있어?"

"좋은 일은 무슨. 좋은 일이 있을게 없잖아. 그냥 단순하게 살기로 했어. 걱정한다고 해결될 일이라면 벌써 해결되었을 것 같아. 아닌가?"

"그렇지. 걱정한다고 암이란 놈이 완치될 리도 없으니 걱정은 잠시 던져 놓고 어느 정도는 암과 함께 살면서 암이 재발하지 않도록 건강이 회복될 수 있도록 같이 노력하자고."

"알았어."

실버 취업

코로나가 창궐한 지 벌써 3년째 접어들고 있다. 온 세상을 집어삼켰던 코로나도 조금씩 꼬리를 내리기 시작한다. 코로나가 기승을 부리는 동안 사람들 간의 교류가 거의 없어진다. 그 덕분에 숙영의 암투병 생활은 주변에 소문나지 않는다. 아주 가까운 지인들 몇 명만이 알고 있을 뿐이다.

찬희와 숙영은 암투병 생활도 코로나와 같이 끝을 내고 건강이 회복될 수 있기를 희망한다. 찬희와 숙영은 코로나 주사를 네 번씩 맞았다. 숙영의 암은 코로나와 비슷하게 움직이고 있다.

코로나가 시작하자마자 숙영의 유방암이 발병했고 숙영의 유방암 수술과 항암 치료가 끝나고 나니 코로나의 꼬리가 보이기 시작한다. 코로나도 숙영의 암도 완전 끝나지는 않았지만 큰 고비는 넘기고 있다.

찬희가 이력서를 제출한 다음 날 무려 세 곳에서 면접을 희망한다는 연락이 왔다. 세 곳 모두 지방이다. 모두 태양광 에너지 사업을 진행 중에 있거나 신규사업으로 시작하려는 중소기업들이다.

가장 먼저 연락이 온 곳은 김해이고 두 번째는 대구이며 세 번째는 여수에서다. 숙영은 찬희를 보고서 한마디를 던진다. 그야말로 전국 각지이다. 찬희는 여수, 대구, 김해의 순서대로 전화를 걸어서 이것저것 사업 추진 여부와 사업의 규모를 알아본다. 어느 기업이 적절한지 마음속으로 일할 수 있는 가능성을 생각해 본다.

아내 숙영은 면접을 원하는 기업이 3군데나 있다는 사실을 즐거워한다.

"와! 대단한데 울 남편! 이력서를 보낸 지 만 하루도 안 됐는데 세 곳에서나 면접 연락이 오다니! 울 남편 아직 살아 있네!"

"당신이 좋아하니 내가 더 좋아."

"그런데 모두 지방인데 어떻게 할 건데?"

"세 곳 모두 전화해 봤는데 일단 김해부터 먼저 면접을 보고 결정할 생각이야. 회사에서 나를 면접하겠지만 나도 회사를 면접해야 되지 않겠어? 무엇보다도 회사 생활이 당신 건강 회복에 걸림돌이 되어서는 안 되겠지."

"그렇지. 면접 잘하고 좋은 회사를 잘 결정해."

찬희는 숙영에게 지방에서 근무해도 좋은 장점을 의논한다. 김해의 장점은 많다. 우선 서울보다 공기가 깨끗해서 좋다. 김해에도 가끔 미세먼지가 발생하겠지만 서울에 비하면 청정지역이나 다름없다. 김해는 강원도보다 훨씬 더 공기가 좋다. 살아 있는 도시이다. 김해로 이사를 가지 않아도 되겠지만 이사를 가게 될 경우를 생각해 봐도 좋을 것이란 생각이다.

찬희는 태양광 사업에 필요한 노하우를 가지고 있다. 태양광 기사 자격증을 취득하기 전에 지인의 회사에서 태양광 사업을 잠시 도와준 경험이 있다. 태양광 사업을 새롭게 시작하는 회사에 도움이 될 수 있는 느낌이다. S전자인 대기업에서 20년 이상을 근무했던 경력도 중소기업에는 도움이 될 수 있을 것이란 생각이다. 대학교 경영학 교수의 경력 또한 중소기업을 경영하는 데 도움이 될 수 있을 것이다. 즉, 취업이 무난할 것이란 생각이다.

찬희의 머릿속에 있는 노하우와 지식을 충분하게 활용할 수 있는 직장이라면 더욱 좋을 것 같다.

김해에 소재한 C회사 회장과의 면접이다. C회사의 입장에서 상당히 급한 사정이 있는 것으로 보인다. 다행스럽게도 면접 과정에서 상호 필요한 부분이 충족될 수 있다는 생각이 든다. 회장은 찬희의 나이를 문제시하지 않고 오히려 찬희의 축적된 노하우를 인정한다. S전자에서의 경력과 태양광 사업에 대한 어느 정도의 경험과 이론적인 지식수준을 높게 평가한다.

실버의 강점이다. 찬희는 김해에 있는 C회사에서 일하기로 결정한다. 고문이란 직책으로 일하기로 한다. 찬희는 회사에서 일하는 동안만큼은 회사의 태양광 사업이 제대로 된 궤도에 정착될 수 있도록 최선을 다하겠다고 마음을 다잡는다.

찬희는 실버라는 나이에 들더라도 직장을 가지고서 기업 경영에 조금이라도 도움이 될 수 있다면 언제까지라도 일을 해야 한다고 생각한다. 한 사람이 한평생 얻을 수 있는 노하우와 기술을 활용할 수 있다면 개인적으로나 사회적으로 도움이 될 것이라고 생각한다.

찬희는 태양광에너지 기사 자격증을 취득하면서 실버가 된 나이에도 불구하고 세 번째 직업을 얻을 수 있는 기회를 준비를 했고 기회를 스스로 만들었으며 그 기회를 잡을 수 있게 된다.

C회사

 찬희는 김해에 있는 중소기업인 C회사로 출근한다. 지방의 중소기업으로는 탄탄해 보인다. 김해의 C회사는 40여 명으로 구성된 완전한 개인기업이다. 법인으로 주식회사의 형태를 보이고 있지만 회장이 직접 전 직원의 모든 업무를 관장하는 중소기업이다.

 모기업은 아파트와 건물의 설계를 전문으로 하고 있으며 경남지역에서는 우수한 엔지니어링회사이다. 그렇지만 C회사의 모기업은 법인체가 아닌 사기업으로 경영되고 있다. 아직은 조직체로서의 경영은 준비되지 않은 중소기업이라고 할 수 있다.

 대체로 연간 매출 300억 원 정도의 매출을 보이고 있는 중소기업체들의 경향을 보면, 회사의 규모를 확장하기 위한 변화를 추구하는 기업들을 많이 볼 수 있다.

 특히 중소기업의 창업주들은 수십 년 이상의 오랜 기간 동안 회사를 성공적으로 경영하면서 어느 정도 성장의 기반을 확보하였지만, 동일한 업종에서는 더 이상의 지속적인 확대와 발전이 어려워 보이는 경우에는 유관업종으로 사업변화를 통한 확장을 시도하는 경우가 많다.

 대부분 창업주들의 성공에 대한 지식수준은 자신이 성공했던 경험을 기반으로 하고 있다. 그러나 중소기업에서 사업변신을 위한 경영혁신은 성공하기가 매우 어렵다. 수십 년 된 창업주들의 경험과 지식은 조직적 의사결정 방법과는 거리가 매우 멀기 때문이다.

많은 창업주들은 책임과 권한을 직접 행사하는 데 매우 능숙하다. 꾸준하고 느슨하게 기다릴 줄 아는 창업주들은 단 한 사람도 없다고 해도 거의 틀리지 않을 것이다.

창업주들이 우선 변화해야 하는 첫 번째 과업은 자신의 급한 성격을 느긋하게 바꾸는 것이다. 책임과 권한을 과감하게 위양할 수 있어야 한다.

창업주가 해야 할 두 번째 일은 기업의 시스템을 정비하는 경영혁신을 해야 한다. 경영혁신을 하기 위해서는 경영방향과 실행방안을 경영 전문가로부터 컨설팅을 받아야 한다. '중이 제 머리를 못 깎는다.'라는 말이 있다. 창업주의 경험이 아닌 경영 전문가의 컨설팅이 필요한 이유이다.

그리고 컨설팅의 결과는 신속하게 집행되어야만 한다. 경영혁신은 신속하지 않으면 조직원들로부터 반대에 부딪히게 되어 성공보다는 실패할 확률이 높게 된다. 경우에 따라서는 피도 흘릴 수 있는 각오를 해야 하며 과감한 선행투자가 절대 필요하다.

경영혁신에 대한 컨설팅의 중요한 내용으로는 우선 성과 및 평가시스템이 절대 필요하다. 그리고 평가의 결과에 대해서는 반드시 '신상필벌'을 해야만 한다. 과다한 '온정주의'는 기업을 쓰러지게 하는 최대의 적이 될 수 있기 때문이다.

성과 및 평가 시스템이 작동할 수 있는 전제조건으로 기업의 모든 정보를 조직원 전체가 공유할 수 있어야 한다. 중소기업들이 가지고 있는 대부분의 정보들은 회장의 머릿속에 들어 있다. 회장이 보유하고 있는 정보와 노하우들 역시 조직원들과 공유하고 있어야 한다. 반대로 회장은 모든 조직원들의 업무진행을 언제든지 파악할 수 있어야만 한다.

두 여자

중소기업에서 경영혁신의 가장 중요한 모습은 회장이 수개월 이상 자리를 비우더라도 시스템적으로 회사를 경영할 수 있도록 하는 것이다. 기업의 모든 경영에 대한 세밀한 과정을 언제든지 파악할 수 있는 경영정보시스템이 반드시 필요한 이유이다.

그러나 중소기업의 혁신은 상상보다 훨씬 어렵다. 중소기업에서 회장의 책임과 권한을 위임해야 한다는 말은 금기어나 마찬가지이기 때문이다.

찬희는 C회사에서 일하는 동안의 업무에 대한 생각을 정리한다. '태양광 사업을 정착하는 데만 최선을 다하자.'라고 다짐한다.

찬희가 고등학교 때 읽었던 책 중에서 기억이 가물거리지만 스탕달의 《적과 흑》인지 아니면 헤르만 헤세의 《데미안》이라고 생각되는 책의 한 구절이 생각난다. 찬희의 한평생 좌우명이 된 말이기도 하다.

"한 가지에서 너무 많은 것을 기대하지 말자. Don't expect too much from one thing."

'서두르지 말고 차근차근 세밀하게 하나씩 실행하자.'라는 말의 다른 표현이라고 생각한다.

서울 하늘

찬희는 하늘을 쳐다본다. 서울의 하늘은 볼거리가 전혀 없다. 서울에서는 파란 하늘이 보이지 않는다. 서울의 공기는 사람들에게 편안하게 숨을 쉬지 못하게 한다. 구름인지 안개인지 아니면 미세먼지인지도 모를 좋지 않은 오염된 물질들로 꽉 들어찬 공기이다.

오염된 공기를 통해서 올려다보는 서울 하늘은 보이는 게 없다. 뭉게구름은 상상조차 할 수 없다. 공해에 찌들고 있는 서울을 이대로 방치하다가는 서울의 하늘이 '공해막'으로 차단되지는 않을까 걱정된다.

서울을 보호할 수 있는 '방어막'이 아니라 서울이 오염된 공기가 신선한 공기를 차단하는 '공해막'이다. 이미 그 증거들이 심각하게 나타나고 있다.

오래전에 찬희는 아들과 함께 아침 5시쯤 서울에 있는 북한산의 백운대에 올랐던 적이 있다. 백운대에서 동쪽으로 바라보면 컴컴한 산들의 능선을 뚫고 솟아오르는 붉게 물든 아침 해를 바라볼 수 있다. 백운대에서의 아침 해 뜨는 모습은 말 그대로 장관을 이룬다. 동해안의 정동진에서 바라보는 동해의 해 뜨는 모습과 대비되는 장엄한 모습이다.

동쪽의 흐릿하게 보이는 산등성이에서 해가 솟아오른 다음 잠시 후에는 온 사방이 환해진다. 북한산 전체가 대낮과 같이 밝아진다. 서울 쪽을 바라보면 아직 한밤중이다. 서서히 서울에도 밝은 빛의 세상으로 바뀐다.

그러나 해가 많이 솟아올랐는데도 서울이 보이지 않는다. 서울이 온통 시커멓다. 발아래 있는 서울 시내는 전혀 보이지 않는다. 시커먼 가스안

두 여자

개가 '공해막'이 되어 서울 전체를 뒤덮고 있기 때문이다.

여기 저기 높은 빌딩들의 머리들이 '공해막' 구름을 뚫고서 조금씩 솟아 나 있다. 서울이 멸망한 다음에나 나올 법한 괴기 영화의 한 장면 같다. 서울 시민들 모두가 어느 날 새벽에 잠에서 깨어나지 못하고 질식하지는 않을까 걱정이 될 정도이다.

서울에는 한강이라는 자랑스러운 명소가 있다. 한강을 중심으로 남쪽과 북쪽의 강변에는 운동에 관련한 여러 가지 시설물들이 즐비하다. 수많은 사람들이 매일 밤낮을 구분하지 않고 이용한다.

한강 양쪽으로 휴식할 수 있는 공원이나 나룻터들이 발달해 있으며 산책, 조깅, 자전거 타기 등의 운동은 물론 야구, 축구, 농구 등의 운동을 할 수 있는 시설들이 즐비하다.

찬희는 북한산의 백운대를 새벽 등반한 이후로는 한강에서 운동하는 것을 꺼리게 된다. 시커먼 가스안개 속에 갇혀 있는 한강에서 숨 가쁜 운동을 많이 하면 많이 할수록 건강에는 더 많이 해로울 것이 확실하다.

서울에서 공기의 온도가 상승하는 낮 동안에는 가스 구름이 위로 올라가기 때문에 공기가 그래도 조금은 맑은 듯이 보일 수 있다. 그러나 완전한 착시현상이다. 한밤이 되고 새벽이 가까울수록 공기의 온도는 내려가기 때문에 공기보다 무거운 가스안개는 지표면까지 내려오게 된다. 서울의 공기는 낮 동안에는 맑은 듯 보이지만 밤이면 오염이 심해지는 현상이 매일 반복되고 있다.

찬희는 서울의 공해 속에서 운동할 수 있는지를 생각한다. 서울에서 새벽 조깅을 하는 것은 건강을 치명적으로 악화시킬 것이다. 서울에서, 특히 한강변에서의 새벽 조깅이나 자전거로 출근하는 운동은 건강에 치명적이라고 생각한다.

서울에서 운동하는 것은 미세먼지, 초미세먼지와 배기가스로 만들어진 밀폐되어 있는 지극히 해로운 가스실에서 운동하는 것과 다름이 없을 것이다.

서울에서 운동을 꼭 해야 할 형편이라면 늦은 오후에 하는 것이 그나마도 건강에 대한 역효과를 적게 할 수 있을 것이다. 햇볕으로 공기가 따뜻할 동안에는 가스층이 상승하기 때문에 그나마도 유해가스와 미세먼지의 공해가 살짝 옅어질 수 있기 때문이다.

김해로 이사?

찬희는 숙영이 김해로 이사하는 것을 반대할 것으로 생각한다. 찬희가 첫 직장인 S전자에서 일을 하기 시작한 이후 한 번도 서울을 벗어나서 살아 본 적이 없었기 때문이다. 수십 년 동안 살아왔던 서울을 떠난다는 것은 생각보다 어려운 일이 될 수도 있다. 찬희는 김해로 출근하기 직전에 아내 숙영에게 슬쩍 말을 섞는다.

"당신. 혹시 김해로 이사 갈 수 있겠어?"
"이사를? 주중에는 김해에서 일하고 주말에는 서울로 오면 어때?"
"거리가 좀 멀기는 한데."

"KTX를 타고 다니면 되잖아."

"응. 알았어. 당분간 서울에서 김해로 다니면서 주말부부를 하기로 해. 서울역에서 KTX를 타면 구포까지 갈 수 있고 구포에서 경전철을 타면 김해까지 갈 수 있으니까 난 괜찮은데 당신이 혼자 집에 있게 되니까 걱정돼서 그렇지. 주중에 혼자서 지내야 하는데 괜찮겠어?"

"주중을 혼자 지내야 한다는 것은 좀 그렇네. 그래도 더 좋은 방법이 없잖아. 좀 어려울 것 같긴 하지만 당분간만이라도 주말부부를 해 보는 거지 뭐. 언니랑 동생도 한 번씩 집에 와서 도와준다고 했어."

"알았어. 다행히도 회장님께서도 편의를 봐 주기로 했어. 나는 회사에서 상근하지 않아도 돼. 주 3일만 근무하고 나머지는 재택 근무하기로 했어. 내가 하는 일이 반드시 회사에서 근무하지 않더라도 할 수 있는 지식이랑 노하우가 필요한 일이거든."

"진짜? 잘했네 울 남편."

찬희는 김해의 C회사로 출근을 시작하면서 김해에서 원룸을 구한다. 원룸에서 직장 생활과 주중 생활을 하고 주말에는 서울로 간다. 본격적인 주말 부부이다. 아내 숙영도 생각보다는 잘 적응하는 것 같다.

두 달 남짓 시간이 지난다. 숙영이 찬희에게 말한다.

"당신 좀 봐요."

"응. 왜?"

"당신이 김해로 서울로 주말마다 왔다갔다 하는 게 힘들지 않아? 많이 힘들어 보이는데?"

"응. 괜찮은데 왜 그래? 주중에 혼자 있는 게 힘들어?"

"힘들기보다는 시간이 지겹긴 해. 언니랑 동생이 한 번씩 와서 도와주기 땜에 불편한 건 없어. 그렇지만 당신이 같이 있는 것보다는 못하지. 항암 치료 중에 있었던 구토나 설사는 거의 없어졌어. 그런데 통증은 줄어든 줄 알았는데 아직도 많이 남아 있는 것 같아. 한밤중에 많이 아플 때는 당신 생각이 많이 나거든."

"그렇구나."

"말이 그렇다는 거지 괜찮아. 당신이 힘들까 봐 그런 거지."

"김해로 이사 가는 걸 좀 더 생각해 보는 건 어때?"

"그래요. 생각해 볼게."

김해 하늘

찬희와 숙영은 김해로 이사를 하는 것이 여러 가지 도움이 된다는 사실을 알고 있지만 불편함도 많기 때문에 김해로 이사 가는 것을 선뜻 결정하지 못한다. 숙영이 갑자기 찬희에게 말을 건다.

"김해는 뭐가 좋을까?"

"갑자기 왜? 이사 가고 싶어서 그래?"

"아니. 응."

"대답이 뭐 그래요?"

"마음이 반반이라서 그래."

두 여자

"하긴. 나도 그래."

"당신 출퇴근을 생각하면 이사를 가는 게 좋을 것 같은데 내 생각을 하면 수십 년 동안 서울에서 살았으니까 내 생활 근거지가 전부 서울에 있잖아. 서울의 모든 걸 포기하고 이사를 가려고 하니 결정을 못 하겠어."

"난 당신이 결정하는 대로 할 테니 당신 생각만 해요."

"응. 고마워."

"그런데 내 생각에는 이사를 간다면 내가 편해지는 것도 있지만 오히려 당신에게 훨씬 더 도움이 될 것 같아."

"뭐가 더 좋을 것 같아?"

"가장 좋은 점은 김해의 공기가 서울과는 질적으로 전혀 다를 것 같아."

"이해가 안 되는데?"

"서울 공기가 나쁜 거는 당신도 잘 알지?"

"응. 서울 공기가 엄청 나쁘다는 사실은 잘 알고 있어. 지방을 다녀올 때마다 느끼는데 수원을 지나서 분당쯤 오면 서울 방향의 하늘 위로 둥그렇게 시커먼 막 같은 게 보이잖아. 시커먼 서울 하늘이 보이기 시작하면 내 가슴은 벌써 울렁거리기 시작해."

"맞아. 당신이 특히 공기에 민감하잖아. 아침에 일어나서 하는 말이 방 안에 산소가 부족하다면서 창문부터 열잖아. 당신이 방 안의 산소가 부족한지를 어떻게 알 수 있는지 이해할 수 없거든."

"밤새 내가 산소를 소비한 만큼 난 숨이 답답해져서 쉽게 알 수 있어. 그래서 아침마다 창문을 열어야 하지만 공기가 나쁘니까 창문을 여는 게 더 해로울 것 같긴 해."

"'해로울 것 같긴 해'가 아니고 창문을 여는 게 훨씬 더 해로워. 그렇지만 김해에서는 아침에 마음 놓고 창문을 열어도 괜찮을 거야."

"그럴 것 같긴 해."

"김해는 서울보다 확실하게 공기가 좋을 거야. 당신이 민감한 만큼 김해로 이사 가는 게 건강 회복에 더 많은 도움이 될 수 있을 것 같아."

"동감."

"서울 공기는 나쁠 수밖에 없어. 강원도 공기가 청정하다는 말도 옛말이 되어 버린 지 오래됐어."

"강원도 공기도 나쁜가?"

"그럼. 중국에서 불어오는 바람을 타고 미세먼지가 엄청 날아오거든. 거기다가 중국 산동반도 청도에 있는 공업단지에서 배출되는 공해와 서울 시내에서 자체적으로 엄청나게 만들어지고 있는 자동차 배기가스는 서울 하늘뿐만 아니라 강원도 하늘까지 뒤덮고 있거든."

"서울은 사람 살 곳이 아니지."

"서울에 비하면 김해는 맑은 공기가 확실하거든. 중국에서 불어오는 바람이 아주 간혹 남쪽으로 바뀌게 되면 김해나 제주도까지도 미세먼지로 뒤덮이기도 하지만 서울에 비하면 비교가 안 되지. 특히 초미세먼지는 더 비교가 안 될 정도로 적을 거란 생각이 들어."

"그런 것 같아."

"최소한 서울 하늘에서 항상 볼 수 있는 숨 막히는 시커먼 '공해막'이 김해 하늘에서는 절대 보이지 않아."

"바다랑 가까워서 그런가?"

"아마도 서울보다 훨씬 아래에 있기 때문에 중국 영향이 적을 거란 생각이야."

"내 건강 회복에도 많은 도움이 될 것 같은데?"

"당근. 당신 건강 회복에 훨씬 좋을 거란 생각이 들어."

"동감."

"그러면 김해로 이사를 갈까?"

"아니. 아직은 마음의 결정을 못 했어. 조금만 더 생각해 볼게."

"알았어. 마음이 결정되는 대로 말만 해 줘."

이사 조건

찬희가 김해에 있는 C회사로 출근한 지 3개월쯤 지난다. 찬희는 매주 편도 4시간 동안 전철 3회, 경전철 1회, KTX 1회씩을 타야 하는 시간을 허비하고 육체적으로도 피곤함을 느낀다.

찬희는 취업을 하기 위해서 아내 숙영을 설득했던 논리가 전혀 맞지 않다는 사실을 알게 된다.

취업을 하면 집 안에만 있어야 하는 스트레스가 해소될 수 있기 때문에 정신건강과 신체적 건강이 좋아져서 아내 숙영의 치료에 집중할 수 있다는 논리보다는 주말에 장시간 이동해야 하는 육체적 피곤함이 오히려 더 크게 다가온다.

찬희가 숙영에게 김해로 이사를 가면 어떻겠냐고 말을 꺼낸다.

"여보. 우리 2년만 김해로 이사 가면 어떨까?"

"왜? 당신이 직장 다니느라고 많이 피곤한가 봐."

"응. 조금."

"왜? 갑자기 이사하려고 그러는데? 피곤해서 그래?"

"KTX를 타고 주말부부를 해 보니까 내 몸이 너무 피곤해지는 것 같아서 그래. 처음에 생각했던 것보다 좀 더 많이 피곤해지는 것 같아."

"피곤한 게 당연하지."

"회사를 다니는 것은 문제없지만 왕복 시간이 너무 많이 걸려서 몸이 견디기 어려운 같아. 이제 나도 나이를 제법 먹었잖아. 흐흐."

"맞아. 당신 나이도 생각해야지. 나도 사실은 일요일 오후에 당신이 김해로 가는 시간부터 돌아오는 목요일까지 혼자서 견디는 시간이 무료하거든. 아무런 할 수 있는 일도 없으니까 더 지겨워지고 있어."

"답이 나왔네. 김해로 이사 갈까?"

"김해로 이사를 간다면 2년 뒤에는?"

"우선 회사와 2년 계약을 했으니까 2년 동안 일해 보고 난 다음에 계속 김해에서 일을 계속 해야 할지를 결정하는 것도 괜찮을 것 같거든."

"생각해 볼게."

"당신 생각이 우선이야. 당신이 불편하거나 건강 회복에 걸림돌이 된다면 생각해 볼 필요도 없어. 어차피 우리 두 사람 중에 한 사람이 불편해야 한다면 내가 감당하는 게 당연하잖아. 너무 내 형편을 많이 생각할 필요는 없어."

"알았어요. 그런데 언뜻 생각해 보니 김해에서 사는 것도 그렇게 불편할 이유가 없을 것 같기는 해. 내가 결혼 전까지 부산에서 살았으니까 오히려 편리한 것들이 더 많을 것 같기도 해."

"그런 것 같은데?"

"그런데 이사를 하게 되면 당신은 주말을 어떻게 할 건데?"

"당연히 당신한테 올인해야지. 내가 부산이랑 김해에 지인들이라고는 거의 없으니까 당신 치료와 건강회복에 올인해야지."

"정말?"

"김해 주위에는 여행할 곳이 진짜 많아. 이사를 가게 되면 당신에게 많은 도움이 될 것 같아. 김해는 경남에 있는 경치 좋고 먹거리 좋고 운동하기 좋은 곳들을 찾아서 매주 여행할 수 있는 베이스캠프 같은 곳이거든."

"알았어. 생각을 깊게 해 볼게. 긍정적인 방향으로."

"내가 불편한 것은 참을 수 있으니까 내 형편을 생각하지 말고, 당신 건강 회복을 우선해서 생각하고 결정하도록 해 봐요. 난 무조건 당신이 결정하는 대로 할게."

"응. 알았어. 고마워."

숙영은 긍정적으로 생각해 보겠다고 한다. 숙영은 김해를 방문해 본 적이 없지만 친숙하다. 부산에서 자랐기 때문이다. 찬희는 숙영이 김해로 이사를 가는 방향으로 이미 결정했음을 알 수 있다.

Story 3

100세 생존율

H요양원

찬희와 숙영은 김해로 이사를 한 후에 가장 먼저 결정한 것은 양호한 암전문 요양원을 찾는 일이다. 서울에서 통원 치료했던 방법을 그대로 유지할 수 있는 암 전문 요양원이 가장 먼저 필요하다.

김해, 창원, 부산 등에 있는 요양원들을 방문하고 비교해 본다. 인근 지역의 여러 곳을 방문하면서 알아본 결과 해운대에 있는 H요양원이 시설이나 주변 환경이 가장 만족스럽다.

H요양원은 평화로운 요양원이다. H요양원은 현대적 시설과 안락한 편의 시설, 건강회복을 위한 시설이 매우 양호하고 요양원의 병실에서 내려다보는 앞바다의 뷰는 강원도에서 조건 좋은 콘도나 리조트 이상의 매우 만족스러운 환경이다.

H요양원에서는 병원의 첫인상을 결정짓는 상담 전문인의 상담 방법도 병원 중심이 아닌 환자의 입장에서 먼저 필요한 치료 내용들과 방법들을 먼저 상담하고 이에 맞는 적합한 치료 방법을 제시한다. 서울 D요양원에서와 같은 '압노바 비스콤'을 매주 2회 치료하고 동시에 '싸이모신 알파'를 매주 주사하면서 기본적인 치료를 진행할 것이라고 한다.

그리고 조금이라도 남아 있을 수 있는 암 찌꺼기들을 제거할 수 있고 면역세포를 치료할 수 있는 '이뮨셀' 주사약으로 대략 한 달에 한 번씩 6개월 동안 병행 치료를 권장한다.

이뮨셀이라는 신약은 환자의 혈청으로 백혈구를 증식시켜서 암세포를 죽일 수 있는 치료 주사약이라고 한다. 백혈구 배양은 녹십자에서 담당하고 환자의 치료는 요양원에서 치료한다고 하니 신뢰감이 있다.

찬희와 숙영은 김해에서 H요양원으로 통원치료를 하기로 생각한다. 치료 기간은 얼마나 걸릴지 모른다. 평생 걸릴지도 모른다.

일반적으로 요양원에서 치료를 지속하기 위해서는 엄청나게 많은 돈이 들어가게 된다. 숙영은 실비보험 덕분에 경제적으로는 크게 걱정하지 않는다.

만약 실비보험에 가입하지 않았거나 서울 S병원 안 교수의 도움이 없었고 건강보험 적용이 안 되었더라면 어떻게 되었을까? 생각만 해도 등골이 오싹해진다.

건강보험이 적용되지 않았더라면 실비보험까지도 적용이 불투명하게 될 수도 있기 때문에 수억 원에 달하는 치료비용을 감당하기 어렵게 되었을지도 모를 일이다. 그렇게 되면 숙영은 항암 치료 과정에서 엄청난 치료비 때문에 더 이상의 치료를 포기했을지도 모른다.

아프더라도 돈이 있어야 살 수 있고 돈이 없으면 보험이라도 들어 있어야 살 수 있는 세상이다. 돈이 생명과 죽음을 갈라놓기도 한다.

H요양원의 식당 메뉴들은 숙영을 즐겁게 한다. 암환자들이 피해야 할 음식들과 요리 방법들은 일반 환자들과는 많이 다르다. 암환자는 야채와 생선을 삶아서 양념이 거의 없는 음식들만을 먹어야 한다.

H요양원에서는 암환자가 먹을 수 있도록 12가지 이상의 반찬들을 골고루 준비한다. 환자들이 입맛에 맞는 음식을 골라서 먹도록 뷔페식으로 운영한다.

두 여자

H요양원은 환자들의 불만을 최소화하려는 노력을 많이 실행하고 있다. 다른 요양원에서는 볼 수 없는 환자를 위한 서비스이다. 그래서 그런지 환자들의 만족도가 높은 편으로 소문이 나 있고 병실의 공실율은 대체로 20% 미만이라고 한다.

찬희와 숙영은 H요양원을 믿을 수 있다고 판단하고 암투병을 H요양원과 함께하기로 최종 결정한다.

즐거운 '슬로우 여행'

찬희는 직장 생활을 제외한 모든 활동은 아내 숙영의 건강회복을 위하여 생각하고 실천하기로 약속한다. 찬희와 숙영은 매주 주말에는 경남과 남해 지역의 구석구석을 여행하고 맛집을 찾아서 다닌다.

'슬로우 여행'을 하는 장소에서 걷기운동을 지속함으로써 정신건강을 먼저 회복할 수 있다면 숙영의 신체적인 건강은 저절로 회복될 것이라고 생각한다.

숙영에게 과격한 운동은 오히려 역효과일 것이다. 찬희와 숙영은 천천히 여행하면서 공기 좋고 경치 좋은 곳에서 편안한 마음으로 천천히 걷는 운동이 가장 효과적인 건강회복의 방법이 될 것이라고 믿는다. 찬희는 실천할 수 있는 구체적인 '슬로우 여행'의 계획을 세운다.

찬희는 '어둠이 물러가야 해가 뜨는 것이 아니라, 해가 뜨면 어둠이 물러간다.'라는 좋은 말을 생각한다. 이 말을 다른 말로 바꾸어 본다. '암을 치료해야 건강이 회복되는 것이 아니라, 여행을 즐기다 보면 암은 저절로

없어지게 된다.'

숙영의 암투병은 어차피 결정된 하늘의 뜻이다. 피할 수 없다. 피할 수 없다면 오히려 적극적으로 즐길 수 있는 기회로 활용하는 편이 도움이 될 것이다. 찬희와 숙영은 편안한 마음을 유지하는 것이 가장 중요한 항암투병 생활의 요인이라고 생각한다.

찬희와 숙영이 김해로 이사하기를 결정한 것은 탁월한 선택이다. 김해 부근에는 숙영에게 적당한 운동을 제공할 수 있는 자연환경들이 생각보다 아주 많다. 바다와 육지를 아우르고 있는 자연적인 휴양지들이다.

자연이 만든 휴양지들을 여행하면서 천천히 걸을 수 있는 환경 자체가 이미 유익한 항암 치료의 중요한 영양소들이 된다. 찬희와 숙영은 해운대에 있는 H요양원을 결정한 다음에 즉시 걷기 운동이 가능한 '슬로우 여행' 계획부터 만들기 시작한다.

차를 오래 타기 힘든 아내 숙영의 신체적 환경에 적합한 거리인 편도 2시간 이내의 단거리 '슬로우 여행'이 중심이다. 당일 왕복 여행을 피하고 2박으로 힐링할 수 있는 완전한 '슬로우 여행' 계획이다.

여행 후보지들을 정리한다. 우선 남해안의 절경들과 맛집들을, 건강을 위한 운동이 가능한 곳들을, 그리고 편안하게 쉴 수 있는 휴양지들은 어디가 좋은지 물색하기 시작한다.

김해에 와서 즐거운 여행을 위한 첫 번째 장소를 거제도의 지세포항 앞바다에 있는 지심도로 정한다. 가능하면 방문 장소를 여러 곳으로 하지 않고 여유 있는 여행을 자주 즐기는 방법을 택한다.

두 여자

온통 동백꽃으로 뒤덮여 있는 섬이다. 겨울의 지심도는 섬 전체가 붉은 색의 동백꽃으로 덮인 아름다운 섬이다. 지심도의 다른 이름은 동백섬이다. 오래전 일제 강점기 때 일본의 전투를 위한 시설과 흔적들이 여기저기 많이 남아 있는 아픈 역사를 지닌 곳이기도 하다.

찬희는 오래전에 한 번 방문했던 곳이기도 해서 아내 숙영에게 구석구석을 다니면서 설명을 한다. 남북으로 길쭉한 섬이면서 걷기에 편하게 능선을 따라 푹신한 야자수 나무줄기로 만든 멍석 길들이 잘 다듬어져 있다.

손을 살짝 내밀면 바로 닿는 동백꽃들이 활짝 핀 동백나무 숲길들이 여행객들을 즐겁게 하고 행복하게 한다.

이후에도 찬희와 숙영은 거제도를 몇 번 더 방문한다. 몇 번이나 반복해서 찾아와도 건강에 유익하고 좋은 곳이다. 김해 생활이 1년 정도가 지나가면서 건강하고 즐거웠던 곳을 되돌아보면 생각보다 많은 곳을 다녔다.

아내 숙영의 건강은 아주 많이 좋아지고 있다. 모르는 사람이 보면 암투병 환자인지 모를 정도로 건강을 빠른 속도로 회복하고 있는 중이다. 건강한 '슬로우 여행' 덕분이다.

도심 속의 맨발 걷기

부산에는 생각보다 많은 해수욕장들이 있다. 송정, 해운대, 광안리, 송도, 다대포 등의 해수욕장들이 있다. 맨발걷기에 아주 좋은 해수욕장들이다. 해수욕장에서의 맨발걷기는 온몸에 축적된 불순한 기운들이 잘 빠져나갈 수 있는 '어싱'이 잘되어서 건강에 더욱 좋다고 한다.

과학적으로 믿을 수 있는 것인지는 모를 일이지만 해수욕장에서 얕은 바닷물을 걸으면 기분이 상쾌해지고 온몸이 가벼워진다는 느낌이다.

송정 해수욕장은 모래가 솜사탕같이 부드럽다. 너무 부드럽기 때문에 걷기에 다소 힘이 들지만 많은 운동이 된다. 해수욕장을 천천히 두 번을 왕복하면 1시간 30분쯤 걸린다. 최근에는 서핑족들이 많이 찾는 대표적인 곳이기도 하다. 겨울에도 춥지 않은지 서핑족들이 망설이지 않고 바닷물에서 뛰어든다. 서핑족들의 건강함이 부럽다. 해운대와 광안리 해수욕장은 모래가 약간 굵고 거친 듯하지만 해변이 아름답고 많은 사람들이 사랑하는 해수욕장들이다.

송정, 해운대, 광안리 해수욕장은 찬희와 숙영이 자주 방문한 곳이다. 해운대의 H요양원과 가까이 있어서 더 자주 찾았던 곳이다. 바닷가의 물을 밟으면서 맨발로 걷는 것은 건강에 더 좋은 느낌이다.

송도 해수욕장은 모래가 아주 푹신해서 감촉이 너무 좋다. 그러나 맨발걷기 운동을 하기에는 해수욕장의 크기가 다소 작은 느낌이다.

다대포 해수욕장은 모래가 살짝 딱딱한 느낌이긴 하지만 얕은 바다가 넓고 길게 퍼져 있어서 시원한 가슴으로 맨발걷기에 아주 좋은 곳이다.

멀리 보이는 넓은 남해 바다와 화물선들이 해질 녘의 노을과 어울려서 한 폭의 그림을 연출한다. 실제로 사진작가들이 아주 많이 모여서 멋진 사진을 노리고 있다.

김해를 조금 벗어나면 남해의 해수욕장들이 많이 있다. 거제도의 명사해수욕장은 모래가 아주 부드러워서 맨발이 호강한다. 지척에는 수국공원이 있어서 건강한 '슬로우 워킹'을 하기에도 부족함이 없다. 거제도의 대표 꽃은 수국이다. 거제도는 어딜 가나 수국으로 덮여 있다. 아름다운 섬이다.

사천의 남일대 해수욕장은 아주 작은 동네 앞마당의 규모이긴 하지만 해변의 모래가 아주 부드러워서 맨발로 걷기에 아주 좋은 장소이다. 부산의 송도해수욕장과 유사하다.

남해에는 가 보지 않은 해수욕장들이 수두룩하게 널려 있다. 맨발로 다 걸어 볼 생각이다.

김해에는 맨발걷기에 최상의 조건인 황톳길이 있다. 김해의 분성산에 있는 황톳길은 경남지역에서 제법 소문이 많이 나 있다. 찬희와 숙영이 거주하고 있는 아파트에서 걸어서 다닐 수 있는 뒷산에 있다.

김해의 황톳길은 김해시청의 산림과에서 운영하고 있다. 매주 두 번씩 물을 충분하게 뿌리고 황토를 뒤집는 서비스를 하고 있다. 다른 지방에서는 볼 수 없는 황톳길 서비스이다. 시민들의 건강을 위한 김해시청 공무원들의 노력과 봉사활동이라고 할 수 있다.

김해시민이 아닌 인근 도시에서도 많은 사람들이 도시락을 싸 들고 찾아와서 하루 종일 걷기를 하는 사람들도 있다. 찬희와 숙영은 특별한 행사가 없는 주말에는 분성산 황톳길에서 건강 회복을 위한 맨발걷기를 한다.

해수욕장과 황톳길에서의 맨발걷기는 숙영의 건강회복에 실제로 도움이 되는 것 같아서 더욱 즐겁다. 남해의 독일마을 역시 빼어난 여행지이며 휴양지이다.

산책을 하면서 걷기에 매우 좋은 곳들도 많다. 물론 맨발로 걷기에도 편한 장소이다. 특히 해운대 달맞이길 아래쪽의 해안 숲길은 도심의 한복판에 있는 매우 훌륭한 산책길이다. 나지막한 와우산을 끼고 만들어져 있는 도심의 숲길은 의외로 숲이 울창하다.

한 여름에도 매우 시원하기에 찾는 사람들이 많으며 힐링하기에 매우 좋은 길이다. 물론 맨발로 걸을 수 있도록 잘 가꾸어져 있다. 건강해 보이는 숲길이다. 사색을 즐기면서 걷기에 더욱 효과적일 것으로 생각한다.

'슬로우 여행'치료

낙동강 하구에는 뚝방 벚꽃길이 있다. 빼놓을 수 없는 산책길이다. 벚꽃이 만개한 4월에는 완전한 벚꽃 터널길이 수 ㎞씩 계속되어 장관을 이룬다. 특히 김해 쪽의 뚝방길은 산책하는 사람들과 자전거를 타는 사람들이 공존할 수 있도록 깊이 생각한 길이다.

뚝방길의 중간을 사람들이 다닐 수 있도록 인도를 구분하였고 인도를 양편으로 상하행의 자전거 길을 구분하고 있다. 다른 지자체에서는 보기 어려운 자전거 전용도로의 형태이다.

낙동강 하구의 뚝방 벚꽃길은 산책하는 사람들과 자전거를 타는 사람들이 공존할 수 있는 화려한 벚꽃길이다. 많은 사람들이 맨발걷기 운동과 자전거 운동을 동시에 하면서도 서로 부딪히지 않도록 안전을 우선하여 설계한 길이다.

찬희는 서울 한강변에서 자전거를 타는 중에 산책하는 사람과 충돌한 사고로 인하여 손목의 뼈가 부러져서 1년 이상을 고생한 경험이 있다. 다행히 안전모를 쓰고 있었기 때문에 대형사고는 방지할 수 있었다.

한강의 뚝방길은 자전거와 산책을 즐길 수 있도록 사람들이 이용할 수 있는 전용도로가 완비 되어 있다. 자전거 전용 도로가 넓게 시설되어 있으며 산책로는 오른쪽 편으로 흰색 또는 노란색의 선으로 구분되어 있다.

여러 사람들이 산책하는 사람들은 무의식적으로 길의 중앙 쪽으로 쏠리는 경향이 있다. 산책하는 사람들과 자전거를 타는 사람들이 한순간에 혼재될 수 있기 쉽다. 자전거를 타는 사람이 한 순간이라도 방심하게 되면 자전거 도로를 침범하여 산책하는 사람과 충돌하기 쉽다. 자전거 전용 도로에서 자전거의 평균 속도는 30㎞에 이른다.

S그룹에서 일하고 있던 찬희의 후배가 한강의 뚝방길 자전거 도로에서 산책하는 사람과 충돌하는 사고로 인하여 아스팔트 바닥에 머리를 부딪히게 되어 사망한 경우도 있었다.

낙동강과 한강의 뚝방길은 거의 유사하게 시설되어 있다. 다만 자전거 전용과 산책 전용의 길을 구분하는 방법이 살짝 다를 뿐이다. 뚝방길은 부산의 낙동강이 서울의 한강보다 훨씬 안전을 고려한 시설이라는 생각이다. 찬희는 자전거를 탈 때마다 안전에 대한 경각심이 매우 높다.

낙동강 하구에 있는 을숙도는 빼어난 습지이다. 갈대들이 광활하게 펼쳐져 있다. 겨울철이면 수많은 철새들이 모여든다. 풍부한 먹이와 따뜻한 기온은 철새들의 보금자리를 제공한다.

특히 큰고니들이 무리를 지어서 양지바른 물가에 모여서 단체로 졸고 있는 모습은 장관이면서도 평화롭기 그지없다. 철새들을 바라보면서 갈대숲을 따라 낙동강 하구를 천천히 걸을 수 있도록 시설되어 있는 '슬로우 워킹'에 적합한 습지 공원이다. 부산 시민과 경남 도민들의 많은 사람들이 사랑하고 자주 찾는 을숙도이다.

하동에 있는 섬진강을 빼놓을 수 없다. 벚꽃이 만개한 하동길은 구름 속의 터널 길이라는 느낌이다. 감탄을 금할 수 없다. 하동의 꽃길을 드라이브하다 보면 마음이 맑아지고 있음을 느낄 수 있다. 꽃길만 다녀와도 저절로 힐링이 되는 느낌이다.

하동과 가까이 있는 섬진강의 강변은 햇볕에 부서지는 모래사장이 일품이다. 평사리 공원의 물가 모래사장을 맨발로 걷는 슬로우 운동은 최고 수준의 힐링 운동이다. 바닷가의 해수욕장에서의 걷기 운동과는 전혀 다른 느낌이다. 사람들로 북적거리는 해수욕장보다는 훨씬 조용하고 걷기 운동 하는 데 매우 훌륭할 뿐만 아니라 한여름에 모래찜질을 하기에도 매우 적합할 것이란 생각이다. 덤으로 하동 화개장터의 재첩국과 재첩 요리들은 꼭 먹어 봐야 할 신선하고 건강한 음식들이다.

기장에 있는 아홉산 숲길도 빼놓을 수 없다. 아름드리 대나무들이 빽빽하게 우거진 숲길은 산책하면서 걷기에 매우 편안하다. 늦은 봄비가 흠뻑 온 다음 날에는 사람 키만 하게 쑥쑥 올라오는 죽순들이 대나무들과 어울리면서 역시 장관을 이룬다.

생각보다 아주 크게 빨리 자라는 신기한 죽순들을 처음 보는 찬희와 숙영은 입을 다물지 못한다. 하룻밤 동안에 애들 키만큼 자란다고 한다. 죽순이 자라는 게 눈에 보이는 것 같다. 경치 좋은 이곳에서 생산되는 죽순으로 요리한 반찬은 맛도 일품이면서 항산화 효능이라든지 혈관질환 예방에도 좋다고 하니 일석이조라고 할 수 있다.

찬희와 숙영은 자연휴양림을 자주 이용한다. 자연휴양림이 있는 곳은 아름드리나무들로 둘러싸여 있고 특히 신선한 삼림욕장에서 '슬로우 워킹'을 즐길 수 있다. 건강을 위한 가성비가 최고 수준이다.

김해에서 가까운 곳에는 자연휴양림들이 많이 있다. 김해 용지봉, 거창 항노화, 거제, 남해 편백, 산청 한방, 진주 월아산, 울주 신불산 등이 있다.

이 중에서도 특히, 거창 항노화 자연휴양림은 소나무 숲길을 치유의 길로 조성해서 매우 편안하게 '슬로우 워킹'을 즐길 수 있도록 시설되어 있다. 대관령에 있는 '치유의 숲길'보다도 더욱 편안한 느낌이다.

덤으로 전국에서 유일한 Y자형 출렁다리가 방문자들을 반갑게 맞이한다. 규모는 작지만 계곡을 삼각형으로 가로질러서 걸쳐 있는 Y자형 출렁다리는 그 자체로 전국적인 유명세를 타고 있다. 소나무 숲길을 산책하면서 2박 3일간의 힐링을 마무리한다.

거창 항노화 자연휴양림에서 멀지 않은 곳에 거창 가조온천이 있다. 찬희와 숙영은 귀가 길에 온천에 들러서 온천욕을 즐긴다. 온천물이 참 부드럽고 매끄럽다. 피부가 좋아지는 느낌이다. 지난달에 다녀왔던 울진의 백암온천의 물보다 훨씬 더 좋은 느낌이다.

찬희와 숙영은 김해에서 떠나기 전까지는 거창 항노화 자연휴양림을 별장 삼아 자주 이용하기로 한다. 휴양림을 떠나기 직전에 보름 뒤에 다시 오기로 하고 인터넷으로 빈방을 찾아서 즉시 예약한다.

사찰들은 대부분 산속의 경치 좋은 곳에 위치하고 있다. 사찰 주위로는 걷기 좋은 많은 길들이 준비되어 있다. 경남을 벗어난 곳이긴 하지만 속리산의 세심정까지 조성된 '세조길'이나 또는 무주 구천동의 백련사까지 이르는 '어사길' 등이 건강을 위하여 자주 여행할 수 있는 아주 좋은 숲속의 길들이다.

그러나 성당이나 교회들은 대부분 도심지에 있다. 걷기 여행을 하기 어려운 도심지이다. 아쉬운 부분이다. 다행하게도 김해에서 가까운 곳에 명례성지가 있다. 천주교에서 성지는 순교자들을 기념하고 있는 문화재이기도 하다. 천주교 신자인 아내 숙영을 위해서 명례성지를 방문한다.

명례성지에는 두 개의 성당이 있으며 그중 하나는 우리에게 친숙한 시골집 같은 한옥이다. 낙동강이 밀양을 지나가는 곳에 있다. 낙동강 뚝을 따라서 '슬로우 워킹'을 하기에도 매우 좋은 곳이다. 강 뚝 양쪽으로 가로수들이 많이 자라서 걷기에 도움이 될 수 있는 시원한 그늘을 제공해 준다. 강 뚝을 따라 조경된 꽃들이 매우 아름다우며 낙동강 뚝에 서서 바라보는 일몰의 화려함을 빼놓을 수 없다.

두 여자

한옥 성당 앞에는 성모 마리아 상이 온화하게 찬희와 숙영을 바라보고 있다. 숙영은 성모 마리아 상 앞에서 초에 불을 붙이고는 고개 숙여 기도를 드린다. 찬희는 천주교 신도가 아니지만 숙영의 옆에서 경건한 마음으로 서 있다.

남해 지방에는 경치가 빼어난 곳들이 수도 없이 많이 있다. 숙영은 남해안의 명소들을 여행할 수 있다는 생각만으로도 암투병 생활이 이미 끝나고 완치된 느낌이다. 즐거운 여행은 훌륭한 치료약이 될 수 있다.

추억 되새김질

찬희와 숙영은 힐링과 건강회복을 목적으로 한 '슬로우 여행'을 즐기기 때문에 자연휴양림을 즐겨 찾는다. 자연휴양림에서 숙박을 하게 되면 먹거리를 직접 해결해야 한다. 미리 구입한 음식 재료들을 직접 요리해서 식사를 해결한다. 요리하는 즐거운 시간이 되기도 한다.

자영휴양림의 '숲속의 집'에서 찬희는 미리 준비해 간 토종 닭고기를 능이버섯과 함께 약재들을 푹 고아서 백숙을 요리한다. 제대로 된 닭백숙이다. 능이버섯과 약재들은 찬희가 선산에 벌초하러 갔을 때 뒷산인 구병산에서 직접 채취했던 것들이다. 능이버섯을 아끼지 않고 듬뿍 넣고 요리한 닭백숙은 아내 숙영에게 그 맛을 잊지 못하게 한다. 능이버섯의 향기가 온 방을 꽉 채운다. 능이버섯의 항암효과는 탁월하다고 한다. 찬희는 매년 능이버섯을 채취하기로 생각한다. 그리고 요리를 하다 보면 시간이 많이 소비되기도 하지만 요리하는 시간 자체가 숲속에서의 운치 있는 힐링이 될 수 있다.

깊은 산속의 '숲속의 집'은 조용하고 아늑하다. 저녁을 먹고 나면 시간
이 철철 남는다. 숲속의 한밤은 적막하다. 찬희는 지겨워질 수도 있는 저
녁 이후의 긴 시간을 즐겁게 할 수 있는 생각을 한다.

찬희는 여행을 출발하기 전에 미리 USB를 준비한다. 숙영과 함께 다녔
던 여행들의 사진들이 들어 있다. 젊었을 때의 여행에 대한 추억들이다.
자연휴양림의 '숲속의 집'에서 저녁 이후의 캄캄하고 무료한 시간을 즐거
운 시간으로 바꾸어 주는 마술 같은 추억의 USB이다.

저녁 시간에 뉴스랑 드라마를 잠시 보고는 USB를 스마트 TV에 꽂는다.
요즘 TV는 어디서든지 대부분 스마트 TV이다. USB가 없으면 스마트폰
으로도 가능하다. 스마트 TV는 스마트 폰과 블루투스 동기화가 가능하므
로 스마트폰의 추억을 TV의 대형 화면으로 즐길 수 있다. 자연휴양림에
있는 숲속의 집은 추억을 되새김질을 할 수 있는 행복한 시간이 된다.

찬희와 숙영은 TV를 마주 하고 따끈따끈한 온돌 바닥에 나란히 앉는다.
스마트 TV는 편리하다. 사진들을 별도로 편집하지 않더라도 스마트 TV
가 자동으로 페이지를 일정한 시간 간격으로 넘겨준다. 배경음악까지도
들려준다. 기술이 좋으니 더 많이 행복해질 수 있는 더 좋은 세상이다.

오래전이다. S전자에서 부장으로 진급하고 얼마 되지 않았던 싱싱한 젊
음이 있던 시절이다. 40대 초중반이었던 것 같다. S전자를 그만둔 지 벌써
20년도 지난 오랜 추억이다. 찬희와 숙영은 인도네시아의 빈탄 휴양지에

서 골프를 즐기면서 휴양 리조텔에서 망중한을 즐겼던 아름다운 경치와 추억들이 하나씩 나왔다가 사라진다. 건강하고 예쁜 아내의 사진이 지나간다. 찬희의 젊은 모습도 추억을 떠올리게 한다.

리조트의 풀장에서 수영을 하다가 미리 수영장에 띄워 둔 작은 장난감 뗏목에 올려져 있던 와인잔을 들고서 건배하던 기억이 새록거린다.

싱가포르에 있는 머라이언공원에서 초대형 사자상의 감동보다는 공원의 포장마차에서 팔고 있던 망고를 깎아 바가지에 담아서 길바닥에서 찬희와 숙영이 맛있게 먹었던 기억이 더 많이 남아 있다. 애플망고도 없던 시절이었는데 노란 망고 맛이 어떻게나 좋았던지 허겁지겁 한 바가지를 순식간에 다 먹었던 기억이 숲속의 적막한 밤을 행복하게 한다. 망고를 처음 실컷 먹어 봤던 기억이다.

찬희가 M대학교에서 경영학 교수로 재직하고 있었던 어느 2월이다. 스페인 여행이다. 찬희와 숙영, 그리고 대학생이었던 딸과 군대를 막 제대한 아들과 열흘 정도로 포르투갈과 스페인을 자동차를 직접 운전하면서 자유여행했던 추억이다. 유럽의 수많은 지역들을 이슬람이 지배했다는 사실을 처음으로 체감할 수 있었던 경험이다.

세비야에서의 불꽃놀이 구경과 농민축제 참여, 지중해 해안도로의 환상적인 드라이브, B&B하우스 주인의 친절함과 요리자랑, 그라나다의 알함브라 궁전의 화려함이 마음을 들뜨게 하였고 세고비아 광장의 낭만과 로마시대의 유물인 수도교는 경이로운 감탄을 연속하게 해 주었다.

특히나 세고비아의 모든 소녀들은 동화에 나오는 공주들같이 한결같이 예쁘다. 백설공주가 살았던 성의 모티브가 되었다고 하는 알카사르 궁전에서 살고 있는 공주들이 모두 다 광장으로 나와서 춤을 추며 놀고 있는 듯한 착각에 빠질 정도이다.

스페인 여행은 온 가족이 함께 여행했던 유일한 기억이어서 추억을 되새김질할 때마다 행복한 시간이 된다.

오래된 추억을 두어 군데 되새김질을 하고 나니 눈꺼풀이 무거워 진다. 아내 숙영은 벌써 잠이 들었다. 추억의 되새김질은 행복한 수면제이다. '내일 밤에는 코로나 직전에 다녀왔던 북유럽 여행을 되새김질해야지.'라고 생각하면서 찬희도 꿈속의 세계로 빠져든다.

힐링 먹거리

찬희와 숙영에게 가장 어려운 것은 언제나 음식이다. 암환자에게 유익한 음식은 거의 찾을 수 없는 것 같다. 가려서 피해야 할 음식들이 너무 많다. 찬희와 숙영은 '슬로우 여행'을 즐기면서도 빼놓을 수 없는 것이 건강 회복에 도움이 될 수 있는 먹거리를 찾는 일이다.

찬희와 숙영이 '슬로우 여행'을 즐길 수 있으면서도 숙영의 건강회복에 도움이 될 수 있는 맛있고 영양이 듬뿍 들어 있는 먹거리들이 있는 곳들이 특히 기억에 남는다. 생각보다 맛집들이 많이 있다. 김해에서 가까이 있는 맛집들이다.

김해로 이사를 와서 가장 먼저 여행했던 거제도의 지심도로 갈 수 있는 지세포항에는 여러 군데 맛집이 있다. '지세포 횟집'이랑 물회로 소문난 '보재기집'이 특히 기억에 남는다. 두 곳 모두 직접 잡은 자연산 생선으로 요리한다. 숙영은 달거나 짠 음식이나 매운 음식은 가능하면 회피하고 있다. 다행히도 숙영의 음식 조건에 크게 벗어나지 않으면서도 담백한 맛이 일품이다.

양산의 내원사로 가는 계곡은 '슬로우 워킹'에 적합하다. 계곡에 흐르는 물들은 청청하기가 강원도의 계곡물 못지않다. 옥색 계곡물 빛깔이 가을의 화려한 단풍과 어울리면서 환상적인 아름다움을 선물한다. 내원사 대웅전 앞마당에는 방문객들이 편안하게 쉴 수 있는 긴 의자들이 여러 개 마련되어 있다.

시간이 많은 찬희와 숙영에게는 양지바른 곳에서 편안하게 책읽기를 하거나 멍 때리기로 휴식을 하기에 아주 좋은 곳이다. 내원사는 제대로 된 절간이다. 내방객들이 상당히 많음에도 고요하다. 불국사, 화엄사, 구인사 등 유명한 사찰에서 절간 같은 느낌을 받아 본 적은 없다. 유명한 사찰은 오히려 도떼기시장 같은 느낌이 많이 들어서 고요함과는 거리가 멀다.

내원사 입구에 맛집이 있다. '천성사 가는 길'이라는 특이한 이름의 맛집이 있다. 두부요리가 다양하다. 가지요리와 두부요리의 깊고 화려한 맛을 양념이 결정하는 듯하다.

두부요리는 대부분 짜게 요리되지만 이곳의 두부요리는 많아 짜지 않으면서도 깊은 맛이 있다면서 숙영이 좋아한다. 청국장도 깊고 구수한 맛이 일품이다. 자주 오고 싶은 맛집이다. 김해에서 가까운 곳이어서 다행이다.

가까이 있는 도시 창원의 주남 저수지 뚝방길은 걷기운동에 적합하도록 잘 가꾸어진 길이다. 겨울의 주남저수지에는 고니와 청둥오리 등의 수많은 철새들이 머물고 있어서 장관을 이루고 있다.

주남 저수지의 인근 맛집으로는 '강원도래요'라는 옹심이 수제비 맛집이 있다. 경남 지역에서 만드는 강원도 음식점이다. 감자로 만드는 음식이다. 찬희가 엄청 좋아하는 음식이지만 숙영도 맛있게 잘 먹는다. 감자로 요리한 음식이니 쌀밥보다는 해롭지 않을 것이라고 믿는다. 숙영이 싫어하는 탄수화물의 함유량이 쌀보다는 감자가 적을 것이란 생각이다. 역시 숙영과 함께 자주 들를 수 있는 맛집이다.

부산에는 걷기 운동을 즐길 수 있으면서도 숙영에게 적합한 맛집들이 많이 있다. H요양원과 가까이 있는 쌈밥 전문집인 청산포의 '향유재'라는 맛집은 갈치와 고등어조림 요리가 찬희의 입맛을 당기게 한다.

숙영에게는 양념이 약간 짜게 느껴지지만 양념을 살짝 걷어 내고 먹을 수 있어서 무난하게 먹을 수 있다. 입맛이 떨어질 때 먹을 수 있는 아주 유익한 맛집이다. 요양원이 가까이 있어서 편리하지만 청산포 숲길이 가까이 있기 때문에 걷기운동 후에 이용할 수 있어서 숙영에게는 더욱 좋은 맛집이다.

부산 이기대의 수변공원 길은 오륙도를 바라보면서 걷기운동을 할 수 있는 도심 속의 공기 좋은 힐링 장소이다. 수변공원 길에서 걷기운동을 마치고 가까이 있는 '자연이 주는 밥상'이라는 맛집에서 빈속을 채울 수 있다.

이 맛집은 보리굴비 요리로 소문나 있다. 보리굴비는 대체로 짠 맛이 특징이다. 보리굴비는 굴비를 왕소금으로 절여서 말린 생선이기 때문에 요리를 시작도 하기 전에 이미 짠 것이 당연하다.

보리굴비는 숙영이 거부하는 대표적인 음식이지만 이 식당은 요리할 때 짠맛을 감소시키는 특수한 비법이 있는지 모를 일이지만 찬희의 생각보다는 덜 짠 느낌이다. 숙영도 맛있게 먹을 수 있는 보리굴비 맛집이다.

전복죽으로 소문난 '기장끝집'이라는 맛집이 있다. 부산에서 해안도로를 따라서 올라가다 보면 기장이 시작하는 곳에 있는 맛집이다. 기장읍 쪽에서 보면 부산 방향 해안도로의 끝집이다.

다른 전복죽들과는 다르게 느껴진다. 전복죽의 내용물이 엄청 충실하다. 전복의 살코기들이 듬뿍 들어 있다. 전복 맛이 입에 착 달라붙는다. 전복죽을 먹으면서도 자주 오고 싶은 마음이 들 정도이다.

가성비가 아주 좋은 전복 맛집이다. 한 가지 불편한 점은 해안도로를 따라서 걷기운동을 하기에는 다소 불편하게 느낄 수 있다. 그러나 가까이 있는 송정해수욕장에서 걷기 운동을 마치고 이곳 맛집에서 전복죽으로 체력을 보충할 수 있기 때문에 크게 불편하지는 않다.

찬희와 숙영이 자주 이용하는 자연휴양림이 있는 거창에는 대구뽈찜으로 유명한 '샛별초가집'이라는 시골식당이 있다. 찬희와 숙영은 대구뽈로 요리한 찜을 처음 맛보았는데 조금 맵고 짜긴 했지만 숙영이 좋아하는 생선요리이기 때문에 한 끼 정도는 아내 숙영도 맛있게 먹을 수 있다. 매일 싱거운 음식을 먹던 찬희에게는 별세계의 맛이라고 느낄 정도로 강렬하게 기억에 남는 다시 찾고 싶은 맛집이다. 중독성이 매우 강한 맛집이다.

김해 인근 지역에는 영양가가 많으며 가성비가 뛰어 난 맛집들이 많이 있다. 그중에서도 특히 암환자인 숙영에게 적합한 맛집들도 생각보다는 많이 있다. 찬희와 숙영은 더 많은 맛집들을 발굴하면서 즐겁고 멋진 '슬로루 여행'과 '슬로우 워킹'을 계속 실행할 생각이다.

찬희와 숙영은 '슬로우 여행'을 통해서 숙영의 건강이 회복된다면 잔존 암세포의 활동이 줄어들게 될 것임을 확신한다.

100세 생존율

김해에서 찬희의 직장 생활과 아내 숙영의 투병 생활은 순조롭게 진행된다. 김해에서 생활한 지도 2년째 접어든다. 아내 숙영이 암을 수술한 지도 벌써 3년을 바라본다.

찬희와 숙영이 S병원을 처음 찾았을 때 임 교수는 아무런 사전 지식이 없었던 찬희와 숙영에게 유방암의 종류 세 가지와 수술방법에 대하여 설명하면서 암 치료에서 완치란 말은 없다고 했었다.

임 교수는 5년 이상의 생존율을 설명했고 유방암은 통계적으로 98.2%의 생존율을 보이고 있다는 설명에 깜빡 속았던 기억이 있다. 고통받고 있는 환자를 대상으로 어떻게 통계적인 대답을 할 수 있냐면서 분개했던 기억이 있다.

착한 암이니까 크게 걱정하지 않았던 찬희와 숙영은 악성 유방암인 '허

두 여자

투'를 이해하게 되면서 숙영은 매일 불안해하고 가족력을 생각하면 매일 밤마다 잠을 못 자고 더 불안해지는 악순환을 경험했다.

찬희와 숙영은 '허투'라는 악성암에 대한 설명을 들으면서도 악성암에 대한 지식이 거의 없었기 때문에 임 교수의 통계적인 숫자를 듣고서 심각성을 인식하지 못했다. 착한 암보다는 조금 더 나쁜 정도로만 이해를 했다.

그러나 표적항암 치료를 수술 전과 후에 다른 환자들보다 2배 이상의 기간 동안 치료를 하는 과정에서 '허투'의 심각성을 알게 되었다. 찬희와 숙영은 '허투'라는 암에 대해서 토론을 자주한다.

찬희와 숙영은 정성을 다 하여 치료를 하고 긍정적인 마음가짐을 가질 수 있도록 노력한다. 건강회복에 대한 의지와 자신감을 가지고 의심하지 않고 믿기로 한다.

숙영은 암발병 후 고통의 시간을 보내고 있다. 그러나 다행하게도 최근 1년 동안은 암환자라는 사실조차 잊고 여행을 즐기고 있다. 가는 곳마다 맨발걷기를 하고 H요양원을 고급 리조트라고 생각하면서 통원 치료를 받고 있다.

여행을 하면서 힐링을 하는 동안에도 시간은 흐른다. 세월은 보통 사람이나 환자이거나 공평하게 빨리 지나가는 것 같다. 앞으로 5년까지는 2년 정도만 남아 있으니 곧 5년 이상의 생존율 통계에 한자리를 차지할 수 있을 것 같다.

찬희와 숙영은 건강하게 생활하면서 즐거운 맨발걷기 운동과 여행을 통하여 더욱 희망적으로 생존을 유지할 수 있을 것으로 생각한다. 5년 생존율이 아니라 10년 생존율에 포함될 수 있을 것으로 기대할 수 있을 것 같다.

찬희와 숙영은 더 이상 욕심은 부리지 않아도 행복할 것 같다. 생존율은 통계적으로 정해지는 확률이라기보다는 절대적으로 환자의 편안한 마음이 결정하는 것 같다.

암을 극복할 수 있기 위해서는 환자의 건강을 회복하고 하는 의지와 가까이 있는 사람의 헌신적인 노력이 필요하다고 의사는 설명한다. 그리고 더욱 중요한 것은 편한 마음이 가장 효과적인 치료제라고 한다. 찬희와 숙영은 의사의 말에 전적으로 동의한다.

여행 자신감

찬희와 숙영은 젊은 시절부터 국내외 여행을 많이 했었고 앞으로도 더 많은 여행을 다니려고 한다. 건강을 회복할 수 있는 치료 방법으로 여행보다 더 좋은 것은 없을 것으로 생각하기 때문이다.

9월 중순에 큰맘을 먹고서 해외여행을 감행한다. 딸이 살고 있는 시카고를 오랜만에 방문한다. 코로나와 숙영의 암투병으로 인해서 지난 수년 동안에는 해외로 움직이는 것은 어려웠다.

5년 만의 미국 여행이다. 건강이 회복될수록 해외여행을 자주 할 생각이기 때문에 우선 안전한 딸네 집을 다녀오면서 장거리 해외여행을 미리 연습한다.

두 여자

시카고에는 사위와 딸이 두 손자와 살고 있다. 나름대로 미국 생활에 잘 적응하고 있다. 행복하고 건강하게 보인다. 찬희가 중학교 1학년인 큰손자에게 용돈을 주려고 하니 반응이 애처롭다. 큰손자는 용돈을 안 주서도 된다면서 매일 한 시간씩 게임을 할 수 있도록 지 엄마인 '할아버지의 딸'에게 설득을 좀 해 달란다.

큰손자의 고자질이다. 스트레스가 심하다고 불평이 대단하다. 너무 안쓰러워서 손자의 부탁대로 딸에게 말했더니 손자의 엄마는 웃고 만다. 학교 선생님과 상담하고 대안을 찾아보겠다고 한다. 찬희는 손자들이 스트레스를 받지 않고 튼튼하게 자라기를 바란다.

짧은 시카고 방문의 여행 기간 동안에도 숙영은 잠시 며칠 동안의 시간을 쪼개어서 캐나다의 북쪽에 있는 퀘벡을 딸과 함께 다녀온다. 모녀간의 오붓한 여행이다. 찬희와 숙영이 10여 년 전에 여행했던 곳이다.

숙영은 비행기를 타고 이동하면서 가능하면 편안한 여행을 위주로 한다. 연습 여행이기 때문이다. 건강을 회복한 다음의 세계 여행을 위한 연습 여행이다.

아직 단풍철이 아니기 때문에 캐나다가 자랑하는 멋진 단풍의 경치를 즐길 수는 없었지만 나이야가라 폭포는 여전히 웅장한 모습이며 퀘벡은 역시 멋진 자태를 뽐내고 있다.

숙영의 장기적인 해외여행이 가능한지를 시카고와 퀘벡의 방문을 통하여 테스트해 본 후에, 숙영은 테스트 여행의 결과가 매우 양호하다고 생각한다. 김해로 돌아온 찬희와 숙영은 여행에 대한 자신감을 가질 수 있을 정도로 숙영의 건강이 회복되고 있음을 느낀다. 다음에는 어디를 여행할까 계획을 세운다.

여행계획은 마음을 즐겁게 하고 행복하게 한다. 실제로 여행을 갈 수 없게 될지라도 여행계획을 세우는 동안에 마음이 행복하게 되어 건강을 회복할 수 있게 많은 도움이 된다.

100세 여행 계획

"다음에는 어디를 여행할까?"

"응. 겨울에는 일본의 긴잔온천 지역에 가서 눈 구경 실컷 하면서 푹 쉬다 오고 싶고, 봄이 되면 풍차랑 튤립이 많은 네덜란드에 가서 한 달 정도 푹 쉬다가 오고 싶어."

"그렇게 해 볼까? 어려운 일도 아니지. 그냥 출발해서 가면 되잖아. 아무런 걱정은 하지 말고."

"말로만 쉽게 하지 말고 실제로 가능할까? 회사를 그만둬야 하는데도?"

"글쎄. 우리 나이에는 돈보다는 시간이 더 소중하지 않을까 싶어. 직장 생활도 중요하지만 나이가 더 많아지기 전에 여행을 더 많이 다닐 수 있다면 그게 더 가치가 있지 않을까?"

"취업해서 일하고 싶어 했잖아?"

"맞아. 그렇지만 그때는 집 안에서 꼼짝도 못 할 때였잖아. 숨을 쉬려면 취업 방법 이외에는 방법이 없었던 것 같았어. 실제로 어느 정도의 긴장이 필요한 직장 생활이 건강에 훨씬 좋은 것 같았어."

"직장 다니는 게 긴장돼서 그러는 거야?"

"아니. 그런 말이 아니고 지금은 당신이 건강을 되찾아 가고 있는 중에 있으니 직장 생활보다 여행이 훨씬 더 보람 있고 가치 있는 일이라는 의미이지."

"그렇지. 나도 당신 생각에 동의해."

"회사에 얘기하면 해외여행을 간다고 하면 장기휴가도 가능할지 몰라. 아직 얘기는 해 보지 않았지만 가능할 것 같아. 휴가가 안 된다면 휴직이라도 가능할 것 같기도 해."

"진짜로?"

"웅. 남미 여행도 추가하는 게 어때? 난 잉카의 전설이 있는 페루의 마추픽추를 가장 가 보고 싶어."

"동감."

"몇 년 전에는 북극에 있는 러시아의 무르만스크에서 오로라를 봤었잖아. 기회가 된다면 알래스카를 여행하면서 곰들도 만나 보고 싶고 오로라도 한 번 더 보고 싶어."

"동감."

"동감만 말하지 말고 당신이 가보고 싶은 곳이 더 있으면 말해 봐."

"난, 건강만 허락한다면 프랑스에서 시작하는 스페인 북부의 산티아고를 지나가는 순례길을 걸어 보고 싶어."

"엉? 한 달 넘게 걸린다던데? 매일 20㎞ 이상을 걸을 수 있겠어? 당신 건강만 허락한다면 난 언제든지 오케이."

"아직은 어렵겠지!"

"좀 더 건강해지면 몇 해 전에 마무리하지 못했던 제주도의 올레길을 끝까지 걸어 보고 산티아고 순례길을 생각해도 늦지 않을 거야."

"응. 또 있어. 욕심을 조금 낸다면 지중해로 크루즈 여행을 가서 지중해 연안의 도시들을 방문하고 선상에서는 우아하게 춤도 춰 보고 싶어."

"알았어. 희망을 가져 보자."

"응. 말이라도 고마워."

"이러다가 우리 100세 넘게 살 수 있을지도 모르겠는데? 우리 100세까지 여행할 계획을 세워 볼까?"

100세 직업

수년 전 코로나가 번지기 직전에 찬희는 초등학교 친구들 세 명이 오붓하게 라오스로 자유여행을 다녀온 적이 있다. 여행을 다녀온 다음에 인상에 남는 엑티비티들을 콘텐츠로 한 영상을 짧게 편집한 적이 있다. 지인들의 반응이 좋았다.

실버여행에 대한 사업을 해도 좋겠다는 의견들이 있었다. 간단한 사업 계획을 세워 보기도 했다. 진입장벽도 높지 않았고 시장도 꽤 클 것으로 생각되었다. 그러나 세상일이란 계획대로 되지 않는 경우가 더 많다.

찬희는 유튜브 사업에 대해서 상당히 구체적으로 계획을 수립했었지만 실현할 수 없었다. 코로나가 여행을 완벽하게 틀어막았기 때문이다. 혹시 코로나가 없었고 아내 숙영이 유방암이 없었더라면 '실버투어'라는 유튜브가 세상에서 이름을 날리고 있을는지도 모를 일이다.

찬희는 라오스에서의 영상을 다시 살펴보면서 아쉬웠던 지난날을 생각한다.

요즘 젊은이들을 보면 세계 곳곳의 오지들을 누비면서 인상 깊었던 이벤트들을 콘텐츠로 제작해서 유튜브에 바로 올린다. 별도의 제작비도 많이 들지 않는다.

재미있는 여행을 즐기면서 현지에서 발생하는 이벤트들을 스마트폰으로 동영상을 제작하고 편집해서 유튜브에 올리기만 하면 된다. 전문적인 편집 기술이 필요하지 않다. 아마추어 기술로도 충분하다. 오히려 아마추어의 작품이 자연스럽고 팔로워들이 더 좋아한다. 여행에 관련한 젊은 유튜버들의 수입은 매달 수백만 원 이상 혹은 수천만 원까지도 가능하다고 한다. 새로운 시대에 새로운 직업의 출현이다.

찬희는 코로나로 인하여 실현하지 못했던 '실버투어' 관련의 유튜브를 구체적으로 생각한다. 100세까지 가능한 직업이 될지도 모른다. 젊은 사람들과 동일한 수준의 콘텐츠를 제작할 필요는 없다. 경쟁력에서 밀리기 때문이다.

찬희는 젊은 층과는 전혀 다른 고객층을 대상으로 유튜브를 제작할 수 있다고 생각한다. 실버의 특징에 적합한 '슬로우 여행'을 콘텐츠로 만들어서 유튜브를 제작한다면 그야말로 경쟁력 최고 수준을 기대할 수 있다. 블루오션이 눈앞에 있다.

경쟁자가 없다. 진입장벽도 거의 없다. 진입장벽이 낮은 블루오션이 있다는 소리는 어느 마케팅 이론에도 나오지 않는다. 60세부터 100세까지를 타깃으로 하면서 70세의 유튜버가 직접 제작하는 유튜브가 어디에서 가능하겠는가? 찬희 부부와 지인의 부부가 함께한다면 가능하다. 이미 북유럽에서 실험 여행을 해 본 적이 있다. 찬희가 계획하고 있는 실버 유튜브는 경쟁력이 강력한 새로운 직업이 될 수 있을 것이다. 마케팅 교재에도 나오지 않는 진입장벽이 낮은 블루오션의 직업이 될 수 있다.

찬희는 실버 여행에 관련한 콘텐츠를 활용한 유튜브에 대한 꿈을 버린 적이 없다. 다만 실행할 수 있는 타이밍을 놓쳤을 뿐이다.

어느 방송국에서는 꽃보다 아름다운 할배/할매들의 유럽투어가 인기를 끈 적이 있었지만 완전한 의미의 자유여행은 아니다. 최근에는 〈텐트 밖의 유럽〉이란 프로그램이 인기를 끌고 있다. 이러한 형태의 여행 역시 철저하게 계획된 연출된 여행이지 자유여행이라고 볼 수는 없을 것이다. 가이드는 물론 제작진들이 수십 명씩 떼를 이루어서 각본대로 여행하는 기획된 전문가의 작품이다.

진정한 의미의 자유로운 '실버투어'를 지속하면서 컨텐츠를 생산하고 운영할 수 있는 유튜브는 아직까지는 없다. 한국은 물론 전 세계를 찾아봐도 없다. 100세까지 살 수 있으면서 자신 있는 실버 유튜버들이 아직은 없기 때문이 아닐까 싶다.

찬희는 가능하다고 생각한다. 찬희가 현재 다니고 있는 김해의 C회사에서의 일을 마무리하는 대로 뜻이 맞는 지인의 부부와 함께 실버 자유여행을 실행을 할 생각이다.

찬희는 자유여행의 콘텐츠에 관한 유튜브를 제작하면서 즐기고 행복해할 수 있는 완전한 실버 자유여행을 상상한다. 향후 100세까지 수십 년 동안 건강하게 세계를 누비는 자유여행이 가능할 것이란 생각이다. 찬희는 희망 가득한 미래의 자유여행을 생각하면서 아내 숙영을 흐뭇하게 바라본다. 숙영은 찬희가 왜 웃는지도 모르고 따라 웃음 짓는다.

두 여자

실버 유튜브

찬희가 아내 숙영에게 '실버투어'에 대한 계획을 말한다.

"여보. 봉일 씨 있잖아."

"응. 봉일 씨는 왜?"

"우리 부부하고 그 친구 부부랑 세계 일주 여행을 해 볼 생각이 있는데 어때?"

"세계 일주 여행이라고?"

"3~4년쯤 전 얘기인데, 코로나가 시작하기 직전에 모스코바 게스트하우스에서 봉일 씨 부부를 만나서 한 달 동안 러시아랑 북유럽 10여 개 정도의 국가를 자유여행을 해 봤었잖아?"

"응. 그런데?"

"서로 취미도 비슷하고 장기간의 여행 중에 의견 트러블도 별로 없었고 서로 생각들이 잘 맞았다고 생각하는데 당신은 어떻게 생각해?"

"그런데 왜? 갑자기 세계 여행은?"

"당신이랑 세계 여행을 하고 싶은데 우리 둘만 가는 것보다는 봉일 씨 부부랑 한 팀을 만들어서 전 세계의 곳곳을 다양하게 여행할 수 있는 기회를 만들어 보고 싶은데 어때? 물론 당신 건강이 회복되어야 한다는 전제 조건은 해결되어야 해"

"와~! 그거 멋진데 당장이라도 가능하지 않을까?"

"안 되지요. 당신 건강 회복이 우선이야."

"알았어. 앞으로 1년 이내에 건강을 회복할 테니 봉일 씨 부부랑 계획을 세워 봐요."

"봉일 씨 부부도 찬성하겠지?"

"그럼 100% 찬성이지. 문제는 내 건강이지."

"세계의 곳곳을 자유여행하면서 얻을 수 있는 재미있는 경험과 신기한 지식들을 유튜브에 올리면 더 좋을 것 같아. 운이 좋으면 공짜 세계여행이 가능하게 될지도 몰라."

"유튜브는 누가 제작하는데?"

"당근, 봉일 씨랑 나랑 둘이서 여행하는 도중에 현지에서 이벤트가 있을 때마다 즉시 제작하지. 주인공 역할은 우리 두 왕비 마마님들이 담당하시고."

"와~! 진짜 멋지다."

"실버 자유여행이니까 젊은 사람들은 안 돼. 젊은 사람들의 자유여행 유튜브는 현재 너무 많이 소개되고 있어서 지금은 오히려 시들해지고 있어서 재미없을 거야. 아마도 우리가 실버 유튜브를 제작한다면 경쟁자들은 전혀 없을 걸!"

"유튜브로 김칫국물 그만 마시고 단순하게 세계 여행을 생각해 보는 게 어때?"

"여행 도중에 감동적인 경치나 인상적인 모습들을 어반스케치로 그림을 그려서 유튜브의 양념으로 올릴 수 있다면 더 좋은 콘텐츠가 될 수도 있을 것 같아."

"어반스케치를 할 수 있어? 당신 펜드로잉 실력은 인정하지만 물감색칠은 별로잖아?"

"응. 알고 있어. 그래서 백화점 문화교실에 가서 수채화 색칠기법을 잠시 배우면 될 것 같긴 해."

"확실하게 자신 있어요?"

"그럼. 자신 있고말고."

"그게 당신의 좋은 점이야. 생각나면 바로 실행할 수 있는 자신감과 용기가 항상 부러워. 당신이 원하는 대로 해 봐요."

"알았어요. 그런데 유튜브를 시작하고 5~6개월 동안 동영상 콘텐츠를 50번만 올릴 수만 있으면 돈을 벌면서 세계 여행을 할 수 있을 거야. 우리는 가능할 거야. 100세까지."

"당신이 점점 더 멋있어진다."

"그렇지 나 원래 이런 사람이야. 난 아이디어가 철철 넘쳐흐른다고. 당신이랑 나랑은 100세까지 활동을 할 수 있는 특권이 있어. 당신 옆에는 항상 내가 있으니까. 흐흐."

"알았어. 당신의 말을 믿어요. 100세까지의 특권을 버릴 수는 없잖아. 내가 빨리 건강해질게."

"오케이. 당신 건강을 믿어."

"그런데, 그 유튜브 이름은 뭘로 할 건데?"

"아직 생각해 보지 않았어. 대충 생각해 보면 '100세 투어', '실버세계', '실버여행', '100세 직업', '멋진 100세', '100세 실버여행' 등의 이름이 가능할 것 같아. 당신이 유튜브 이름을 만들어 보면 어떨까?"

"알았어요. 멋진 이름을 한번 생각해 볼게."

찬희는 이렇게 100세까지 지속할 수 있는 새로운 직업을 순식간에 창조한다. 아내 숙영은 찬희의 아이디어를 반갑게 접수한다. 아이디어가 아이디어로 끝나지 않고 실현될 수 있기를 희망한다.

편안한 마음과 희망찬 미래를 꿈꿀 수 있다면 어떤 암이라도 치유할 수 있을 것이라는 사실을 찬희와 숙영은 알고 있다.

아름다운 세상

'개똥밭이라도 저승보다는 이승이 낫다'라는 말이 있다. 아무리 힘들고 고통이 많더라도 죽는 것보다는 살아 있는 것이 좋다는 의미이다. 찬희와 숙영은 암투병 생활의 고통을 극복하는 오랜 과정에서 몸과 마음이 힘들었다. 숙영은 아직도 건강을 회복하는 과정에 있지만 살아남기 위한 최선의 노력을 하고 있다.

찬희는 김해에서 직장을 다니는 것을 제외하고는 모든 사회생활을 접다시피 하고 있다. 매주 주말에는 숙영과 함께 여행지를 바꿔 가면서 '슬로우 여행'을 즐기고 건강을 회복할 수 있는 노력을 하고 있다. 즐겁다. 찬희와 숙영은 지금의 세상을 한 번 살아 볼 만한 아름다운 세상이라고 생각한다.

찬희와 숙영은 암투병 생활을 감당하면서 다른 한편으로는 감사한 마음이 생기기도 한다. 숙영의 고통을 찬희도 함께 나눈다. 즐겁고 행복한 시간을 함께 만든다. 즐거운 여행의 행복함을 함께 생각한다. 찬희와 숙영은 여행 중에도 다음의 여행을 구상하고 계획을 세운다.

찬희는 아내 숙영과 함께 틈만 있으면 여행을 계획한다. 이 세상은 아름답다. 찬희와 숙영이 세상을 바라보는 눈이 아름답기 때문에 세상이 더욱 아름다워진다.

언제까지 '슬로우 여행'을 계속할 수 있을는지는 알 수 없지만 숙영의 최근 상태를 보면 90% 이상 건강을 회복한 것 같다. 100세까지의 세계 여행도 꿈이 아닌 현실이 될 수 있을 것 같은 생각이다.

찬희와 숙영은 서로 살아 있음에 감사한다. 살아 있는 존재 자체가 가까이 있는 사람에게는 커다란 힘이 된다. 아무런 일을 하지 않더라도 살아만 있으면 누군가에게 힘이 될 수 있다.

어느 날 갑자기 전지전능한 신께서 '이 세상에서 그만 살라'고 한다면 너무나 아름다운 이 세상과 어떻게 이별할 수 있을까 은근히 걱정이다.

해변을 걷다가도, 치유의 숲길을 걷다가도, 숲속 산책길을 걷다가도, 둘레길을 걷다가도 예상하지 못한 갑작스러운 이별을 하지 않으려면 건강을 회복할 수 있는 여행을 더욱 열심히 해야 하겠다고 찬희와 숙영은 생각한다.

살아 있는 세상은 아름답다. 한국에서 여행할 수 있는 곳들은 전 세계 어느 곳들의 여행지들보다도 부족하지 않다. 한국의 자연은 살아 있는 아름다움이다. 찬희와 숙영은 이때까지 여행했던 곳들이 생각보다 상당히 많다는 사실을 확인한다. 국내이든 해외이든 여행해 본 곳들 중에 아름답지 않은 곳은 한 군데도 없다. 가끔씩 여행의 흔적들을 되돌아보면 입이 저절로 웃게 되고 마음이 즐겁게 된다. 여행은 아름답기 때문이다.

이 세상에 존재하고 있는 것들 중에서 아름답지 않은 것은 하나도 없다.

아름다운 것들과 함께할 수 있는 것은 심신의 건강을 회복하게 하는 가장 강력한 치료약이 될 수 있다.

남아 있는 행복

찬희는 주변에서 흔하게 만날 수 있는 암환자들의 고충을 모두 이해할 수는 없지만 가까운 분들인 아내의 형제들, 친가의 몇몇 분들이 암으로 세상을 하직했던 경험이 있다.

그들이 살아 있을 때 병문안을 가면 고통에 신음하는 그들의 고통을 진심으로 이해하지 못하고 슬픈 얼굴로 이해하는 척했던 기억들이 있다.

슬픈 고통임에는 틀림이 없지만 먹고사는 일이 급하니 어쩔 수 없다는 핑계와 위안으로 그들이 하루하루 삶을 줄여 가고 있는 모습을 피상적으로만 위로했다.

찬희는 아내 숙영의 암을 대수롭지 않은 착한 암이라고 생각했었다. 그러나 유방암 중에서도 허투라고 하는 악성 암이라고 의사의 판정이 있고 난 이후 고통 속에서 치료하는 과정을 오랫동안 겪으면서 찬희는 '암환자들의 암투병 활동에 대해서 더 많은 생각을 하게 된다.

찬희는 먼저 아내 숙영이 암을 극복할 수 있는 방법과 건강을 회복할 수 있는 방법들을 생각하고 또 생각한다. 찬희는 암을 완전하게 극복할 수 있는 방법은 존재하지 않는다는 사실을 명확하게 알고 있다. 그러나 조금이라도 생존율을 높일 수 있는 방법을 찾는다.

찬희는 유방암 치료와 항암 치료 또는 면역력 증가에 조금이라도 도움이 된다면, 암 치료 전문 요양원에서 권장하는 치료약이라면, 그리고 아내 숙영이 원한다면 최대한의 치료약들을 사용한다.

찬희와 숙영은 즐겁고 행복한 '슬로우 여행'과 걷기운동, 그리고 힐링 먹거리들이 숙영에게 가장 좋은 치료약이라고 생각한다.

찬희가 숙영에게 올인한다는 실천적 의미는 '슬로우 여행'을 계획하고 실행하는 방법이 전부이다. 더 이상 올인할 수 있는 방법은 없을 것으로 생각한다. '슬로우 여행'은 행복의 지름길이다. '슬로우 여행'은 남아 있는 행복이다. '슬로우 여행'이 최고의 암 치료제이다.

영혼의 회귀

최근에 방영된 〈내 남편과 살아 줘〉라는 드라마는 인기소설을 각색한 내용이다. 남편과 불륜의 관계인 친구에게 죽임을 당한 여자가 결혼하기 전인 10년 어린 시절로 되돌아가서 친구에게 남편과 살게끔 유도하고 복수하는 드라마이다.

소설의 스토리를 대충 살펴보면, 방금 죽은 육체에서 떠난 영혼이 과거의 자신에게로 회귀한다는 허무맹랑한 소설이긴 하지만 요즘 대세를 이루는 회귀소설의 한 예이다. 회귀소설이 유행하고 있으니 이러한 유행에 편승해서 막장 소설과 막장 드라마가 나타난 것으로 보인다.

영혼이 과거로 이동을 한다. 영혼이 어떤 방법으로 이동한다는 설명은 전혀 없다. 죽기 전의 시작과 죽고 난 다음 10년 전으로 회귀한 결과만 있을 뿐이다. 어떻게 회귀했는지에 대한 설명은 일언반구도 없다.

마치 노벨상을 수상한 세계적인 양자물리 학자들이 양자운동의 중간 과정을 설명하지 않은 채 결과만을 증명하는 방법과 동일하다.

회귀소설과는 약간 다른 분야이긴 하지만 육체와 영혼이 분리 될 수 있다는 전제조건으로 쓰인 일본의 무라카미 하루키가 최근에 발표한《도시와 그 불확실한 벽》이란 장편 소설이 인기 중에 읽히고 있다. 요즘 핫한 베스트셀러이다.

소설의 내용을 보면 주인공이 몸과 그림자가 분리되거나 합칠 수 있다. 주인공이 벽 안쪽에 있는 가상의 도시와 벽 바깥의 현실도시에서 몸과 그림자가 서로 나뉘어서 살면서 벽의 안과 밖을 드나든다. 어떻게 드나드는지는 모른다. 모르니까 설명하지 않는다. 몸과 그림자가 분리되어 따로 살아가고 있던 어느 날 그림자가 합쳐진다. 작가는 현실의 세계와 가상의 세계를 동일한 한 사람의 몸과 그림자를 통해서 동시에 그려 보려고 시도한다.

작가 하루키는 소설 속에서 말한다. '의식(영혼)이란 뇌의 물리적 상태를 뇌 자체가 자각하는 것.'이라고 한다. 찬희는 해석한다. 뇌가 있어야만 의식(영혼)을 담을 수 있다. 다시 말하면 뇌가 존재할 수 있다면 의식(영혼)을 담을 수 있다는 의미가 될 수 있을 것이다.

영혼은 회귀를 하든 이동을 하든 간에 실제 현실에서 나타날 가능성은 전혀 없을 것이다. 그러나 영혼의 회귀는 최근의 인기 있는 소설이나 드라마에서 흔히 볼 수 있는 소재임에는 틀림이 없다.

영혼과의 교류를 가능하게 할 수 있는 수단이 언젠가는 개발될 수 있지 않을까라는 희망이 반영된 사회적인 현상이라고 할 수 있을 것이다.

찬희는 마음속의 여사친인 란희와의 소통이 언젠가는 가능하기를 기대하면서 현재 건강을 회복하고 있는 숙영과도 언젠가 헤어진 다음인 영혼의 세상에서도 교류를 지속할 수 있기를 희망한다.

비록 슈퍼 양자 컴퓨터 내부에서만 교류할 수 있는 가상의 세상이라 할지라도 영혼과 영혼의 교류가 이루어질 수 있기를 바란다.

아폽카 호수

아폽카 호수

미국이다. 찬희는 란희가 잠들어 있는 아폽카 호수에서 가까이 있는 에지우드 공원묘지를 방문한다. 작은 비석에는 란희의 사진이 새겨져 있다. 한글과 영문으로 이름이 새겨져 있다. 아름답게 살다 하나님의 품으로 행복하게 돌아갔다는 가족들의 애틋한 글귀가 새겨져 있다. 란희의 가족들이 최근에 다녀갔는지 싱싱한 생화가 놓여 있다.

찬희는 준비해 간 하얀 국화를 올려놓고서 고개를 숙인다. 오래전에 이별하려고 했던 계획을 이제 겨우 실현한다. 가슴이 짠하게 조여 온다. 한참을 지난 후에 고개를 든다. 란희의 비석을 쓰다듬어 만져 본다. 란희의 살아 있던 느낌을 심장으로 느낀다.

찬희는 공원묘지를 떠나 아폽카 호수를 다시 찾는다. 찬희와 숙영이 10여 년 전에 와서 잠시 휴식을 취했던 곳이다. 란희가 살고 있던 마을이 가까이 있고 란희가 자주 쉬던 곳이기도 하다. 호수의 잔잔한 물결이 눈앞에서 살랑거린다. 찬희의 마음을 촉촉하게 적신다.

20대에 독일과 미국으로 떠났던 란희는 살아 있는 동안에 한국을 한 번도 찾지 않았다. 공기가 너무 좋지 않은 서울을 방문할 수 없었다. 그래서 찬희는 가슴이 더욱 시리다.

오늘도 새파란 하늘에는 뭉게구름이 피어오르고 있다. 찬희가 어릴 때 금호강변에서 올려다보았던 뭉게구름과 같고, 지난번 이곳 아폽카 호수의 뭉게구름과도 같은 형태이다.

새파란 하늘에는 뭉게구름들이 모였다 흩어졌다 하면서 커다란 쪼개진 백색 하트 모양을 만든다. 찬희는 란희의 얼굴을 기억조차 할 수 없다. 가슴에는 아폽카 호수의 공기가 가득하게 들어찬다.

늦여름의 뭉게구름은 언제 봐도 싱그럽고 숨을 크게 쉬게 한다. 찬희와 숙영이 잠시 휴식을 즐겼던 아폽카 호수이다. 용광로 같은 붉은 해가 호수 반대편으로 뚝뚝 떨어지고 있다.

호수 위로 모터보트가 쌩하고 달린다. 보트 뒤로 출렁이는 파도는 찬희의 발 앞까지 다가 와서 출렁인다. 쌩하고 달리는 모터보트를 배경으로 서쪽 하늘의 노을이 아름답다.

플로리다의 남쪽 끝에 있는 키웨스트에서 즐겼던 저녁노을은 붉은빛의 화려함을 보였지만, 아폽카의 저녁노을은 보랏빛으로 더 넓고 진하게 퍼진다. 아폽카의 저녁노을은 왠지 모르는 슬픈 화려함으로 찬희를 보듬어 주는 듯하다.

100세 여행의 시작

찬희는 조금 유식한 척 공자님의 말씀을 생각해 본다. 하늘의 뜻을 알게 된다는 지천명(知天命)을 지난 지 오래되었고, 옳고 그른 말을 가려들을 수 있다는 이순(耳順)이라는 세월도 흘려보냈으며, 이제 마음대로 행동하더라도 잘못됨이 없을 고희(古稀)라고도 하고 종심(從心)이라고도 하는 나이를 막 보내고 있다.

두 여자

찬희는 이제부터 건강하고 즐거운 여행이라면 여행지가 어디든지 그리고 언제든지 마음 내키는 대로 출발하기로 마음을 정한다.

아내 숙영이 올랜도 시내에 있는 '별카페'에서 기다리고 있다. 찬희는 숙영에게 간다. 찬희와 숙영은 아무런 말없이 서로 고개를 끄덕인다. 아무런 말을 하지 않지만 이심전심으로 무언의 대화를 한다.

찬희와 숙영은 이번 여행의 첫 번째 목적지인 쿠바의 하바나로 출발한다. 카리브해에서 운행하고 있는 크루즈 여행을 하기 위해서이다. 최근에 한국과 쿠바의 수교가 정식으로 이루어졌다고 한다. 당연하게도 무비자 입국이 가능하다.

봉일 씨 부부가 쿠바의 하바나에 먼저 도착해서 찬희와 숙영을 기다리고 있다. 봉일 씨 가족과는 각자의 여행을 즐기다가 여행 중간에 있는 도시의 비앤비에서 합류하는 자유여행을 즐겨 한다. 찬희와 숙영은 자유로운 여행을 위한 제주도에서 한 달 살기를 할 때에도 비앤비를 이용했으며, 한 달 동안 북유럽을 여행할 때도 모스코바에 있는 비앤비의 가정집에서 만나고 여행을 시작했었다.

찬희와 봉일의 두 가족은 하바나에서 만나고 난 다음에 세부적인 여행 일정을 계획한다. 두 가족은 여행 중에 갑자기 흥미로운 여행지가 생각나면 곧장 여행계획의 일정을 수정한다. 여행지가 어디로 튈지 모르는 완전하게 자유로운 세계 여행이다.

이번 쿠바 여행이 끝난 이후의 두 번째 목적지는 페루의 잉카의 문명이 될 것 같지만 아직 확정하지는 않았다. 쿠바에서 여행을 하는 도중에 두 번째의 여행지를 확정할 생각이다. 아니면 오래전부터 생각해 오던 스위스를 중심으로 한 유럽을 여행하는 것도 좋을 것 같다. 딱정벌레 같은 빨간 승용차를 렌트해서 알프스산맥을 구석구석 달려 보는 여행 또한 온몸에서 아드레날린을 솟아오르게 할 것 같다. 상상만으로도 건강해지는 느낌이다. 앞으로의 자유여행은 예측하기 어려운 흥미진진한 또 다른 드라마가 될 것이다.

'100세 여행'의 새로운 시작이다. 숙영이 작명한 유튜브의 이름은 '실버자유여행(Free Silver Travelling)'이다. 줄여서 FST라고 부를 예정이다.